中国装备制造业不能总是受制于人，我们甘愿
做好铺路石。

"大国工匠人物传"丛书

# 王树军

## 一颗匠心打破国外垄断

田裕娇◎著

中国工人出版社

图书在版编目（CIP）数据

王树军：一颗匠心打破国外垄断 / 田裕娇著. —
北京：中国工人出版社，2024.4
ISBN 978-7-5008-8415-6

Ⅰ. ①王… Ⅱ. ①田… Ⅲ. ①传记文学 - 中国 - 当代 Ⅳ. ①I25

中国国家版本馆CIP数据核字（2024）第070498号

王树军：一颗匠心打破国外垄断

出 版 人　董　宽
责任编辑　葛忠雨
责任校对　张　彦
责任印制　黄　丽
出版发行　中国工人出版社
地　　址　北京市东城区鼓楼外大街45号　邮编：100120
网　　址　http://www.wp-china.com
电　　话　（010）62005043（总编室）　62005039（印制管理中心）
　　　　　（010）62379038（社科文艺分社）
发行热线　（010）82029051　62383056
经　　销　各地书店
印　　刷　三河市万龙印装有限公司
开　　本　880毫米×1230毫米　1/32
印　　张　5.75
字　　数　52千字
版　　次　2024年5月第1版　2025年6月第2次印刷
定　　价　49.00元

# 国之大者，工匠先行

## ——“大国工匠人物传”丛书总序

在中华全国总工会成立100周年之际，全国总工会宣传教育部、中国报告文学学会、中国工人出版社联合开展了“文艺工作者走基层”活动，推出“大国工匠人物传”丛书，向全国总工会献礼，向广大劳动者致敬！

“知者创物，巧者述之守之，世谓之工。百工之事，皆圣人之作也。”这是中国所见年代最早的关于手工业技术文献《考工记》中对工匠的记载。“工”之责在于造物，“匠”者为能工鼎识者也。

幼时，老家云南昆明大板桥的老街上，从南头到北头，都是大大小小的手艺人，木匠、石匠、焗匠、骟匠、竹篾匠、鞋匠、箍桶匠……空气中飘荡着木匠的刨花香和石匠敲打出来的粉尘，充满着焗匠手中皮带的“吱扭扭”声、骟匠刀下小猪猡的闷哼、箍桶匠皮锤不轻不重的敲击声。老街上的竹篾匠是我的一个表姨夫，他来自四川，有着一手出神入化的编造竹篾手艺。粗壮的毛竹是表姨夫手中的“百万雄兵”，在一把锋利无比的刀的指挥下，被劈成厚薄、粗细不一的篾。表姨夫的本领仅次于撒豆成兵的天神，他能化篾成物，一般家里能见到、用到的器物，他都能用竹篾编出来。母亲曾命我在老街上买一个暖水瓶的内胆，然后去表姨夫的摊位上，坐等他为暖水瓶胆编制一件竹制的外壳。那个暖水瓶至今还在我家老屋的一个角落里。竹篾壳早已被岁月包了浆，虽然久不使用，却依然油润、红亮。这便是我幼时对匠人的记忆。

五千多年的中华历史长河中，涌现出了无数能工巧匠，他们或如明月光照，或如星河璀璨。一代代薪火相传的工匠精神，不仅成就了那些流芳百世的绝世建筑与器物，更是烛照我们通向文明现代化进程的精神之光，是我们文化的自信心、民族的根与魂。

从“嫦娥”探月到“祝融”探火，从“北斗”组网到“蛟龙”深潜，从港珠澳大桥横跨三地到大兴国际机场凤凰腾飞……这些挺起中华民族脊梁的大国重器、世纪工程背后，无不凝聚着万千工匠的心血和汗水，映照着工匠们孜孜以求、拼搏奋进的身影。

本套丛书收录的是全国总工会历年评选出的大国工匠

的人物传记。他们当中有焊接高铁的“工人院士”李万君、打破国外高端设备维修垄断的王树军、让中国锻件立于世界之巅的刘伯鸣、“人刀合一”的顶级钳工李凯军、在高空“穿针引线”的竺士杰、油田里的创新能手刘丽、了不起的“钢铁裁缝”艾爱国、数控机床上的“雕刻师”孟维、让三星堆文物“活”起来的郭汉中……他们有的是传统加工业的锻造者，为了突破技术瓶颈精益求精；有的是新兴制造业的探路者，为了实现精密制造巧思妙想；有的是军工行业的铸剑者，为了打造国之重器默默坚守；有的是民间手工艺的守护者，为了传承非遗文化精雕细琢……他们奋战在国防军工、装备制造、传统工艺等行业的第一线，以久久为功的钻研和创新，造就了一个个传奇。

这些杰出的工匠，尽管行业不同、岗位不一，成长经历各异，但他们都有着爱党爱国、敬业奉献、创新争先的优秀品质。他们耐得住清贫与寂寞，用灵巧的双手和精湛的技艺，数十年如一日地在平凡的岗位上雕琢自己心中的梦想，以实际行动诠释着“执着专注、精益求精、一丝不苟、追求卓越”的工匠精神。“天下大事，必作于细。”工匠精神既是中华民族技艺世代传承的价值理念，又是中国开启新征程，从制造业大国迈向制造业强国的时代需要。

“大国工匠是我们中华民族大厦的基石、栋梁。”2024年3月5日，习近平总书记参加十四届全国人大二次会议江苏代表团审议时强调“树立工匠精神”，指出“没有金刚钻，揽不了瓷器活”，要“把第一线的大国工匠一批一批培养出来”。党的十八大以来，习近平总书记对建设高素质劳动大军高度重视，强调“当代工人不仅要有力量，还要有智慧、有技术，能发明、会创新，以实际行动奏响时代主旋律”，深刻阐述工匠精神“执着专注、精益求精、一丝不苟、追求卓越”的内涵要义，号召全社会弘扬工匠精神，“为全面建设社会主义现代化国家、实现中华民族伟大复兴的中国梦提供有力人才和技能支撑”。

“匠心聚，百业兴。”无论是传统产业，还是新兴产业、未来产业，大国工匠在发展新质生产力的历史进程中不可或缺。随着经济发展方式转型和产业结构升级，中国要实现由制造大国向制造强国的转变，实现由中国制造向中国创造的跨越，离不开广大劳动者的创新和创造，更离不开对工匠精神的继承和发扬，于是呼唤更多大国工匠成为时代强音。

文艺是时代进步的号角，最能代表一个时代的风貌，最能引领一个时代的风气。中国报告文学学会、中国工人出版社联袂推出“大国工匠人物传”丛书，以图书的形式为大国工匠树碑立传，让他们的故事和精神具有更广泛的交流传播价值和长久的史料价值。本套丛书的写作者奔赴大国工匠生活的城市，深入大国工匠工作的厂区、车间、工作室，获取了全面细致的第一手材料，最终将大国工匠的成长、成才故事呈现在读者面前。

“大国工匠人物传”丛书讲述的是个人奋斗史，也描绘出大国工匠的群体形象。可以说，这套丛书是目前国内系统研究众多大国工匠人生轨迹的权威读本，既有对每位大国工匠的整体介绍和事迹梳理，又有具体的事件、案例，全面、生动地展示了大国工匠各个人生时期的工作和生活状态。

新时代是奋斗者的时代，中国式现代化建设新征程这一宏伟事业为广大工匠技能人才成就梦想提供了广阔舞台。每位劳动者都是主角，都可以成为工匠精神的践行者。大国工匠是新时代的最美奋斗者，更是和平年代当之无愧的英雄。

国之大者，工匠先行，向着中华民族伟大复兴的目标砥砺奋进，行稳致远。

是以为序。

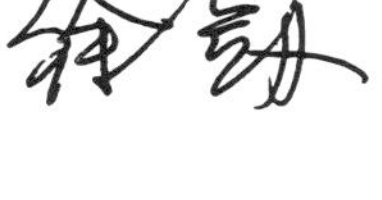

# 目 录

WEICHAI

# 第一章 走上领奖台

“目前，我国正从制造业大国向制造业强国迈进，之所以说迈进，因为我们现在还不是制造业强国，尤其在装备制造业方面，我们还面临着不少国外核心技术的封锁和壁垒。而接下来要登场的这位工匠，他是一位设备维修工，在二十年的拆拆修修当中，他凭借一股不服输的钻劲儿，超越洋专家，也使得重型柴油机领域的中国发动机足以比肩世界最强。”

听着主持人康辉对他的介绍，站在舞台后面的王树军心脏怦怦地加速跳起来，似有骏马奔腾。尽管经过一天半的走台排练，他对前方璀璨的舞台和颁奖流程已经非常熟悉，但这一刻到来时，仍然激动不已。虽然即将登上大国工匠的领奖台，但是他仍感觉这一切像做梦一样。

三天前，王树军接到潍柴工会主席的电话，通知他进京参加“大国工匠2018年度人物”发布暨颁奖典礼。是作为观礼嘉宾，还是上台领奖？他们都不知道。工会鲁主席让王树军先去打前站，到了北京设法打听一下到底有没有入选前十。彼时，王树军只知道自己在前五十的候选人名单里。

正值腊月，北京的冬天比潍坊要冷，风也更硬，王树军看到站台上很多人戴着帽子，缩着肩膀，一副要躲藏起来的样子。四季之中，王树军最喜欢冬季，喜欢冬天的凛冽，下了火车，寒风一吹，来自车厢的气味和沉闷被一扫而光，就像在燥热天喝上一杯凉水，觉得浑身清爽，人也精神了不少。

王树军来过北京许多次，主要是来看国际机床展览会。展会上汇集着现代装备制造技术的最新成果，看展览相当于不出国门的“国际考察”，可以了解到机械制造的一些先进技术和行业发展情况。机床，真是太重要了，从大处说，它们是制造装备的装备，是生产发动机的“母机”；对于发动机生产线上的维修工王树军来说，机床不仅是他的“饭碗”和施展才干的舞台，更像是朝夕相处的伙伴。每次看到国外先进实用的机床产品，王树军心里都涌起爱恨交加的情愫。这些设备太先进了，没办法让人不爱，与此同时，他又想，什么时候我们可以造出这样的设备？王树军来北京领过两次奖，有两年他被评为公司的劳模来接受表彰。他们不是央企，总部不在北京，至于为什么把表彰会开在首都？他没空思考这些问题，领完奖就匆匆赶回潍坊。在看展或者开会的间隙，他会去不大的景点看一看，故宫、长城这些地方根本没时间去。他很喜欢中国国家博物馆，在馆中就仿佛置身于滔滔的历史长河里。

“看！大裤衩。”王树军顺着妻子单爱青手指的方向看去，中央电视台总部大楼矗立在高楼之间，宏伟又气派。工会那边特意通知，可以带一名家属。同样是潍柴职工的单爱青与他一起来了北京。结婚20年了，他从来没有专门带着家人出远门旅游，想到这里，王树军心里有些愧疚。工作性质决定了他是一个与时间赛跑的人。每一次维修都要在尽可能短的时间内完成，容不得半点拖沓或者虚功；后来他开始设计设备，每台设备早日投产都能节省生产线上的时间和人力成本，更需要加班加点完成。也许是多年养成的职业习惯，他无论干什么事情都特别讲究实效。至于旅游，真没时间。其实除了自己生活的城市，他也去过不少地方，南京、上海、十堰、日本的名古屋、德国的慕尼黑等，目的都一样——验收设备。他心里装的是一张制造业地图，哪个地方是“高峰”，哪个地方是“低谷”，哪个地域的机械制造有什么特点，他都能像地理老师面对世界地图一样滔滔不绝地讲上半天。

傍晚，王树军住进了中华全国总工会的职工之家。到了他才知道，第二天就要去央视总部大楼进行彩排，至于鲁主席交代的任务，他还没有完成。晚上，颁奖仪式的总导演岳群挨个房间看望嘉宾并了解他们的入住情况，王树军终于逮着了机会，问道：“岳导，我们到什么程度了？”

“你们可真沉得住气。”岳导笑着说。

“不是我们沉得住气，是不知道问谁。”王树军面带尴尬地回复道。与航天、石油、电力等领域的国字号央企不同，潍柴是一家生产汽车零部件的省属企业，所以，来自山东潍坊的这位维修工显得有些底气不足。全中国有 2 亿名产业工人，在这支庞然大军中潍柴只占两千分之一的份额，在潍柴这个 10 万人的大家庭里仅有 5 位“齐鲁工匠”，真可谓凤毛麟角；至于“大国工匠”，一个普通工人想也不敢想。全国总工会从各省推荐的工匠里选拔200人，200人里再选100人，100人里再挑50人，最后站到领奖台上就10个人。这10个人里会有来自装备制造业一线的工人吗？

“暂时还保密，先不告诉你。”岳导继续卖关子。王树军又问几个月前到一号工厂拍过专题片的陈导演，得到的回复仍然是“先保密”。

第二天一大早，王树军就来到央视总部大楼的演播室。灯光四射的舞台上，工作人员在紧张忙碌地做着彩排准备工作，观众席上坐着几个人，像他一样穿着各自的工装。王树军在心里默数了一遍，加上自己正好10个人。

“导演，就这些人吗？”

“就这些人。”

王树军心里有了底，马上走到一旁给工会主席打电话，“我估计是可以确定了”。电话那头高兴地说：“好好，我跟董事长汇报，我们马上就去北京。”王树军登上大国工匠的领奖台，不仅对他个人，对整个潍柴动力和山东重工来说都是莫大的荣耀。

“有请大国工匠2018年度人物王树军！”主持人高声

宣布。

舞台右前方那扇大门徐徐转动，等它完全打开并汇聚起全场的灯光和目光时，王树军笔挺地站在那里。他挥舞起右手，向现场观众致意，并在激昂的音乐中，大步走到舞台中央。

新中国成立70年来在各个领域作出突出贡献的代表人物也来到现场，这些白发苍苍的老人都是时代的亲历者和见证者，在中国复兴的征途上，他们留下了自己坚实的脚印。今天，他们被邀请担任嘉宾，为大国工匠颁奖。

为王树军颁奖的是中国一汽原副厂长、总工程师韩玉麟老先生。韩玉麟曾具体参与第一批解放车制造的全过程，是新中国第一代“汽车人”，他见证了中国重装汽车从蹒跚起步到跨越发展的艰辛历程。90岁高龄的韩玉麟仍然清晰地记得第一批解放车下线的情形，那是1956年的夏天，从来没有做过汽车的中国人终于把汽车做出来了！10辆卡车被装扮得像新娘一样，开到吉林省委报捷，当时他就坐在卡车上，车下围满了工人和群众，大家激动得恨不得把卡车当轿子抬起来。那时候，汽车上的车架都是苏联生产的，到了1958年，中苏关系破裂，苏方不再提供技术和零部件，解放牌汽车的产量又回到了“解放前”。

2019 年 1 月，王树军（右一）在大国工匠年度人物颁奖现场

依靠自己的力量，用自己的技术和设备，生产完全自主知识产权的汽车成为中国汽车人心中的梦想。王树军就是这个梦想的践行者之一。他们虽然是两代人，然而，梦想从来没有间断过。

韩玉麟向大家讲述多年来深受技术封锁的困苦，并语重心长地叮嘱身旁的年轻人，一定要把关键核心技术牢牢握在自己手中。他郑重地把奖杯交给比自己小 45 岁的王树军。

金色的奖杯闪烁着耀眼的光，它像一把铁锤，也像一只攥紧的拳头。王树军双手接过奖杯，高高举起。他的臂膀和手中的“铁锤”如同焊接在一起，在聚光灯下左右摆动，就像一颗熠熠生辉的恒星，汇聚了所有的光。王树军明白，此时此刻，他代表的不是自己，而是千千万万名奋战在生产一线的劳动者。这奋力一举是他给韩老许下的承诺，也是一名劳动者向祖国立下的誓言。

颁奖台上，康辉问王树军：“那条生产线价值上亿元，而且没有任何可用的图纸提供，您就真敢下手拆啊？虽然说犯怵，但最终还是站了出来，这份底气到底打哪儿来的？”

“通过不断的学习，做知识和经验的积累，这就是当时我的底气所在。”王树军的声音不算洪亮，却丁是丁，卯是卯，温和中透着坚定。

康辉又问，“这样的准备是从什么时候开始的？”

“刚入职不长时间。”王树军自信地回答。

“不断地学习”，这句简单的话就是王树军成功的“秘籍”。他身体力行地告诉身边的人，维修这个工作，必须要干到老学到老，只有不断地去学习，不断地去吸收新知识、掌握新技术，才能跟得上中国装备制造业发展的步伐。他依靠这一秘籍闯进了国外高精尖设备维修的禁区，挑战一个又一个别人眼中的“不可能”。他一直以奋进者的姿态做着准备，不管设备多难修，每当潍柴需要他的时候，他都会义不容辞地站出来。

每位大国工匠都要带一件特殊的物品到现场，作为个人的匠心记忆来展示。这件物品既要体现个人的工匠精神和专业技能，又要通过严格的安检，为此，每个人都绞尽脑汁。中车电焊工李万君带去的是吊起小汽车的钢针；带电作业工王进带去了屏蔽服和防护面罩；钻探工人朱恒银带去的是从地下 3000 米取出的矿芯；核燃料操作师乔素凯带去的是一瓶没有任何杂质的纯净水；中国工程物理研究院年轻的高级技师陈行行带去的是 12 本考级证书；有

“油田诸葛”之称的试油工谭文波带去了自己的雕刻作品；86 岁高龄的敦煌莫高窟修复师李云鹤让孙子抱着一摞修复壁画笔记本登上了颁奖台……作为一名设备维修工，该在颁奖台上展示什么？

起初，王树军想带自己设计的一些专用工具，但是那些工具体积比较大，又是铁器，不仅沉，而且通过安检通道时解释起来也麻烦。最轻便的就是纸张，他决定还是带那张图纸。这张已经泛黄的图纸曾被他带上“齐鲁大工匠”的颁奖台。那还是刚参加工作的时候，王树军报了一个业余辅导班学习数控技术，这张图纸就是他当时记的学习笔记。图纸展开有三米多长，铅笔写就的数字和符号历经近三十年依然清晰可辨，字迹工整而匀称，从一笔一画的痕迹里可以看到一个工匠年轻时的求知心和内驱力。如果说，因对机械的好奇让王树军选择了维修这个职业的话，自身的内驱力就如同一台发动机，让他走得更远。这份图纸仿佛在说话：只要你不断地学习，只要你有一颗追求卓越的心，心无旁骛攻主业，就没有什么不能攻克的难题。

他是维修工，也是设计师，更像是永不服输的

王树军在大国工匠年度人物发布现场

斗士！临危请命，只为国之重器不能受制于人。王树军，中国工匠的风骨。在尽头处超越，在平凡中非凡。

洪钟之声响彻整个演播大厅。王树军大步走向“大国工匠”之门。门上凸起的“敬业”“专注”“精益”“创新”几个大字是对工匠精神的诠释，也是走进这扇大门的金钥匙，更是每个大国工匠身上闪烁的人格光芒。王树军将用双手在那扇大门上留下自己的筑梦时刻。

2019年1月18日21时02分，王树军双手放在大门正中心褐色的软泥上，用力按压，抬起，软泥上留下一双手印。它作为一种象征，被凝固下来，成为永恒。

这是一双再平凡不过的手，它有时候沾满油污，有时候被洗得发白，有时候触摸设备感知它们的温度和震动，有时候敲击键盘写下一份份维修档案。这双手也曾将2吨重的芯轴稳稳地回装到间隙只有0.01毫米的Z轴部件里；曾经完成国外高精设备的改造，将核心部件的故障率由47%降到1%以下；曾经制作组装完成一号工厂第一台自主研发的自动化设备，实现从维修到设计的里程碑式跨越。这是一双在平凡中孕育出非凡的手。

# 第二章 诸城的烙印

“半壕春水一城花。烟雨暗千家。”这是熙宁九年（1076年）苏轼登上超然台、看到密州城迷人的春景时写下的诗句。这年的中秋之夜，苏轼在台上饮酒赏月，想念不能见面的弟弟苏辙，写下了流传千古的词作《水调歌头》。他留给密州的还有“十年生死两茫茫”“老夫聊发少年狂”……在密州两年，苏轼一共写下了205篇诗文，离开后，又写下了27篇有关密州的作品。密州的自然风光、民俗风情深深影响了苏轼，苏文业已成为密州的一股文脉源远流长。

诸城，古称密州。此地底蕴深厚，名人辈出，孔子的女婿公冶长、《清明上河图》的作者张择端，还有中共一大代表王尽美，当代作家王统照、臧克家、王愿坚，都诞生在这片土地上。王树军和姐姐王桂玲都有很深的故土情结。王桂玲2017年退休后，照顾父母之余想为家族续谱，最近她在翻阅整理族谱时意外发现，他们的家族与大作家王愿坚竟然在一个族谱上，这让她激动不已，立刻打电话跟弟弟分享这个消息。

每个人的成长都与他所处的家庭环境、社会环境有着密切关系。现代心理学、教育学一直在告诉我们，原生家庭留给人的是一生的烙印，对于王树军亦然。在诸城那个三面环水的小村庄，他度过了天真烂漫的幼年和童年时期。在梳理自己的人生轨迹时，他脑海中浮现的是母亲和奶奶劳作的身影，是对父亲过节回家的期盼，是姐姐对他和妹妹的照拂，还有父亲给他制作的各种小玩意儿。

回忆童年，王树军总会想到那个只有他拳头大小的小跳蛙。打开它的瞬间如同打开了一扇通往神奇世界的窗户，那一刻的惊奇和喜悦刻在了他的脑海里，冥冥之中左右了他一次又一次的抉择。跳蛙墨绿色的身体上印着红黄相间的花纹，身上泛着金属的光泽，像是刚从水里蹦出来。肚皮上伸出两只银色的腿，只要拧紧一侧的钥匙，一按，它就会欢快地跳动，跳着跳着没劲了，等上紧了弦，它又不知疲倦地跳起来。

王树军得到这个玩具的时候大概四岁，是父亲从潍坊带回来的。他第一次见到这种自己跳动的玩具，之前他的玩具是泥巴、是树枝、是木头大刀和铁环，最复杂的也不过是父亲和他一起制作的陀螺。白天，他把跳蛙放在院子里的大杏树下、放在姐姐的桌子上、放在奶奶的灶台旁，看它蹦蹦跳跳；晚上，他攥着它睡觉，让它在梦里继续跳跃。

几天下来，他就熟悉了这只跳蛙，再怎么看也不觉得新鲜了。多数孩子，玩腻了一个玩具就扔到一边，像对待扔在院子里的棍棒刀枪一样，提不起兴致。王树军不然，他与跳蛙的游戏才刚刚开始。从拿到这个小玩具的那一刻起，他就想弄明白它的肚皮里藏着什么东西？难道父亲在里面安装了机关？父亲有一双神奇的大手，什么玩具都会做，可惜父亲又回工厂了，不能问个明白。

终于有一天，在好奇心的驱使下，他决定打开它看一看。他找来小螺丝刀，沿着青蛙的嘴巴把镶嵌在一起的两块铁皮一点一点撬开，拿掉盖子的那一刻，一个奇妙的微观世界展现在他眼前！他看到了一个比火柴盒还要小的铁盒，里面塞着小小的轮子，它们像榆树叶一样长着牙齿，一个咬着另一个。他朝顺时针方向扭动钥匙，黑色的铁条一圈圈收紧，松开手的瞬间，大齿轮转动起来，大的带动中的，中的带动小的，铁条像水花一样散开，再拧紧，再松开，反反复复。这个长了腿的“火柴盒”跳起来的样子特别滑稽，尽管那时候他还不明白里面蕴藏的传动原理，但滚动的齿轮似乎让他明白了什么。设计这个小机关的人真是太聪明了！

王树军不知道的是这个小玩具可以追溯到20世纪20年代的上海。上海康元制罐厂的创始人项康元看到橱窗里琳琅满目的高档玩具只有洋人、有钱人才买得起，他深受触动，想制造出属于中国平民孩子的机械玩具，于是，与上海爱国玩具厂的设计师们仿照一款德国玩具研发设计出了几款新玩具。以跳蛙为代表的铁皮玩具一上市，就风靡上海滩。这个小小的玩具不仅凝聚了设计师的奇思妙想，更倾注了一群中国人的拳拳爱国之心。在印花铁盒尚且依赖进口的年代，生产一款机械玩具绝非易事。中国近现代工业就像青蛙的短促跳跃，在铁蹄和夹缝中艰难求生，从抗

少年时期的王树军

战时期的跳蛙到新中国成立后的红旗轿车、解放汽车等民族品牌的诞生，历经了漫长而曲折的道路。

等他把两块铁皮的卡扣合上，再看这只青蛙时，已经觉得稀松平常了，如同发现了魔术师隐藏的秘密，没有了继续观赏的兴致，就把跳蛙送给了自己的小伙伴。

每到麦收、秋收、过年，都是王树军的节日，他和姐姐、妹妹早早就守在村口，等着父亲回来。父亲骑着他的大金鹿，单程八十公里，从潍坊赶回诸城万家庄乡吉家屯村，车把上、后座上、横梁上捆着一个个包裹。父亲一到家就变戏法一样，掏出些好吃的好玩的。

姐姐上二年级时，父亲送给她一只喜鹊闹钟作为奖励。闹钟是扇形的，中间的喜鹊图案上有一对翅膀不停地摆动，更神奇的是，每天早晨它都会响起清脆的声音。姐姐把闹钟当宝贝一样，每天亲自上弦，擦得铮亮。那时王树军 5 岁，还没有到上学的年龄，大清早他就爬起来，等着小喜鹊敲钟，白天看着它嗒嗒嗒不停地转，越看越喜欢，越看越觉得神奇。

他真想拆开后盖看看里面藏着什么东西。那是全家人的心爱之物，万一弄坏了怎么办？拆开闹钟的念头就像漂在水里的葫芦，按下，又浮起来。

终于有一天，家人都外出了，在好奇心的强烈驱使下，他小心翼翼地拧下一个个旋钮，打开了闹钟的后盖。哇，他简直惊呆了！一个个紧密排列的小齿轮，有条不紊地传动着，显得既忙碌又有条理。他装上了每个旋钮，试探性地拧着，扭这个是紧发条的，拧那个是拨闹铃的，转这个是调时间的。闹钟内部如同一个泛着铜光的机械心脏，一股力量在齿轮间传递，最后抵达指针，发出嘀嗒嘀嗒的美妙声音。幼小的王树军第一次感受到一种奇妙的机械之美，这种美就藏在方寸之间。

喜鹊闹钟上仿佛有股魔力吸引着他。村外水塘里的鱼群，小伙伴们欢快的呼喊声，母亲刚煮熟的鸡蛋，都抵不过闹钟的魔力。之后的好长时间，只要家里没有其他人，他都会拆下闹钟后盖，像看电影一样，沉浸在闹钟的机械传动中。也许是觉得熟悉了，也许是想进一步探究明白，他不再只满足于观看，而是想拆开固定在一起的齿轮。刚把螺丝刀伸进去，砰一下，发条弹了出来，不光打散了齿轮，还狠狠地把他的小手抽了一下。王树军手忙脚乱地试图把它恢复原样，结果一切努力都白搭。姐姐放学回家一看，又气又恼，喜鹊闹钟从此以后成了家中的摆设。

这已经不是第一个被王树军拆坏的东西。头一个废在他手里的大件是家里放广播的喇叭。那时候，收音机还是奢侈品，村里就给每家每户通上了小广播。这个木头盒里有小人吗？怎么到点就会说话唱歌呢？王树军爬到窗台上，把木头盒给拆了，只剩下电线吊着个小喇叭，可它还是会发出声音。他看到了喇叭后面黑色的吸铁石，这可是稀缺的东西，吸铁石隔着个厚纸板就能让铁粉跳舞。他想，没看出它在这上面起什么作用，如果换上木头块也一样。于是找来一片小木板，把它们置换了，结果到点该响的喇叭再也不响了。直到后来，村里的电工来家里换上了

王树军（四排右五）小学毕业照

新喇叭。

在王树军的记忆里，温婉的母亲从来没有因为他搞的这些“小破坏”而打骂过他。母亲训他，都是因为他瞒着大人下河。他喜欢玩水，尤其到了夏天，经常偷偷跑到村边的河湾里戏水抓鱼。母亲用指甲在他胳膊上一划，如果是一道白，说明他又下水了，少不了一番唠叨。时间久了，王树军有了蒙混过关的方法，他玩了水不着急回家，先在外面和伙伴们疯跑一会儿，出一身汗再回家，这样皮肤上就划不出白色的痕迹。

吉家屯是一个色彩斑斓的地方，三面环水，一面是广阔的平原，一年四季变换着作物。辽阔的潍河平原上一片郁郁葱葱的景象，高粱在地头站岗，密密匝匝的地瓜叶遮住了土壤，花生把水分都汇集到地下的果实上，田野里荡漾着三个少年欢快的笑声。

王树军骑在后座上，妹妹坐在前梁上，蹬车的是长他三岁的姐姐。自行车像一头金鹿在奔驰，风如流水一般拂过他们的脸颊，落日的余晖照在他们铜色的皮肤上。

“我要撒把了！”姐姐喊道。话音刚落，自行车就像脱缰的马一样，冲向了一侧的田地，两个女孩和自行车一起滚到了地沟里。在车子跑偏的刹那，男孩两手一撑跳了下来，双脚稳稳地站在地上，看到姐姐和妹妹的狼狈样，他忍不住大笑起来。回到家，王树军绘声绘色地给母亲和奶奶讲述他们的“遭遇”。

又是一秋，在地里掐棉花的王桂玲终于等来了自己的父亲。许是看到妻子一个人照顾老人孩子太过辛苦，许是看到大女儿过早地承担起繁重的劳作，潍柴工人王廷春心里有些不是滋味，自己 1958 年就进厂，和家人聚少离多，这次回来他发现，儿子已经长得跟地里的玉米秸一般高了。

忙完秋收，王树军跟着父亲去了潍坊，等待他的是一个更大的机械世界。那是 1984 年，他刚满 10 岁。

# 第二章 萤窗万卷书

每一位大国工匠的匠心记忆里应该都有一扇窗。当厂房、办公楼、街道、公园都被黑夜笼罩的时候，他的那扇窗依然亮着，就像森林中的萤火虫，发出淡淡的光。

岁月钩沉，王树军印象最深的是父亲宿舍里的那扇小窗户。晚上八九点钟，热浪透过纱窗涌进来，南边工厂上方的天空泛着红光，他坐在窗前，不时朝窗外看看，盼着父亲捧着搪瓷缸的宽大身影出现在灯影下。搪瓷缸里装的是父亲舍不得吃的雪糕，那是车间工人夏天的高温福利，父亲用毛巾把搪瓷缸包得严严实实的，回到宿舍打开一看，缸里已是融化成水的雪糕汤和两根扁扁的小木棍。父亲翻看他的作业，王树军在一旁心满意足地喝“雪糕”，等他吃完了，父亲再回去上班。后来，王树军才知道，父亲所在的铸造车间温度高达40多摄氏度。

父亲住的是集体宿舍，与另一个家在外地的工友合住一间。他来到这里后，父亲又搭了一张小床，两人间变成了三人间。懂事的王树军没有给父亲惹麻烦，很快就学会了自己照顾自己。其实父子俩朝夕相处的时间并不多，那个时候父亲在铸造厂上长夜班，上班时间从下午4点到凌晨12点。白天父亲睡觉的时候，王树军在学校，下午他回到宿舍，父亲已经去上班了。

潍坊的北边就是渤海，那时候王树军还没有见过真正的海，他觉得白浪河边上的潍柴就像海一样博大，这里不仅有车间、有学校、有宿舍，还有文化宫、医院、冰糕厂……他就像一条在珊瑚间游来游去的小鱼。他最喜欢的一丛“珊瑚”是装备厂，那里“床子”多。他们都把机床叫“床子”，车床、铣床、磨床等，时间久了，没人教，他也弄清了这些机器的名字和功能，如同了解班里的同学。有时候放了学，王树军就和同学到厂区玩，他盯着师傅们手上的活计，看粗糙的坯料一点点被磨亮，铁一层层地被削下来就像花瓣在掉落，高温受热后，亮闪闪的带状铁屑变成蓝汪汪的弹簧。他问师傅讨要了一根长长的弹簧，拿在手里一颤，发出哗啦哗啦的声响。王树军很快就喜欢上了工厂的生活。

在四年级的一节语文课上，班主任高悦英问讲台下的学生，“同学们，你的理想是什么？”这是每个人在学生时代都会遇到的问题。

“医生。”

“科学家。”

“教师。”

“进潍柴当工人！”王树军笃定地说。他的答案引来同学们一片笑声。11 岁的王树军心里很不服气，“有什么好笑的，我就是要当工人。”

王树军也说不清从什么时候开始有了当工人的想法。很多人奔劳一生也不知道自己想要什么，想干什么，王树军很幸运，他很早就确定了自己的理想。一次，舅舅从老家来到潍坊，父亲带着他和舅舅去十笏园游玩，那座精致的北方园林紧挨着郑板桥纪念馆，识文断字的舅舅给他讲了郑板桥在潍县做官的故事，他们一起欣赏石碑上雕刻的竹子，王树军知道了“胸有成竹”这个成语。千年以前，当过密州知州的苏轼说过“故画竹，必先得成竹于胸中”。当工人就是他心中的竹子，他以后的求学都是为了让这棵竹子更俊秀，更挺拔。

转眼到了1987年，王树军家里发生了几件大事：姐姐从高中辍学，到潍柴装备厂当了一名铣床工；母亲和妹妹也农转非来到潍坊，他们全家都成了城里人；单位给父亲分了房子，一家人搬进了东宿舍家属楼。王树军依然经常跑到车间去看工人师傅们干活，看他们把黑乎乎的铁疙瘩变成亮闪闪的零件。师傅们还会用一些下脚料自制各种刀叉、碗筷，甚至高脚杯、台灯。家里的台灯就是姐姐的一个工友做的，用边角料车出一个灯座，再从商店买个灯口拧上，一拉就亮了。那盏台灯照亮了他窗下的书桌。

初中毕业后，王树军到潍柴技校继续求学，这似乎是水到渠成、自然而然的事。他早就确立了人生目标，将来要当工人，而且要当大师傅，他学专业课不是为了应付考试，而是为了学好技术，在这样的自我驱动下，别人觉得繁重的课业，对他来说甘之如饴。王树军上的是双元制班，是潍柴技校同德国赛德尔基金会合作创办的特色班，当时是第二届，办学质量很高。他所学的模具钳工专业，

王树军（四排右五）初中毕业照

学员不但要掌握材料、机械加工方面的专业理论知识，更要学会车、铣、磨、焊等常用技能。一周理论课，两周实操课，周而复始。理论课上，在大多数同学眼中抽象又枯燥的知识，他却感到特别的生动，别人要背好多遍才能记下的内容，到了他这里基本就是过目不忘。实操课上，王树军更表现出对设备操作的惊人天赋，钳工作业的各类技巧几乎上手就会。

模具钳工是一门追求精度的手艺活，干得好与坏完全靠练出来的手感。经常有车间里的师傅来学校给他们上课，师傅们个个手上都有绝活，比如有的师傅使用手持式风动砂轮就能打磨出 3 丝精度的配合面。（1 毫米是 100 丝，一根头发大约 7 丝。）师傅手上的敏感度让一帮学生惊掉下巴。日复一日的磨和练，王树军也练就了一身本领。三年后，他以优秀毕业生的身份参加了入职潍柴的工种挑选分配会。

进了工厂，王树军发现先进的技术在车间不在课堂，比起生产一线，职业院校里学的专业知识和接触的操作设备都比较滞后。他佩服那些有真本事的师傅们，但他也意识到有些绝活就像卖油翁倒油一样，“惟手熟尔”，在精度测量上，师傅们练了几十年的绝活不及一台测量仪精准。

他所在的加工车间，当时引进了几台数控机床，彼时国内数控设备非常少，全厂只有几个人会操作，维护上由专门的高精组负责。王树军只是普通维修班组里的一名钳工，很难接触到那些高端设备，可它们就像姐姐的喜鹊闹钟一样吸引着他。

没有金刚钻，怎么好揽瓷器活？那时候王树军刚参加工作，每个月的工资只有 89 元，他省吃俭用攒了 120 元钱，在外面报了一个学习班，专门学习数控知识。一同进厂的年轻人下了班一起去喝酒、吃饭、打台球的时候，王树军骑上自行车去了夜校。那张带上“大国工匠”领奖台的图纸就是他那段时间记的笔记。每天晚上上课回来，他就展开那张三米长的稿纸，一笔一画地把学习内容整理到上面。

隔壁房间里的灯也亮到深夜，只上了 40 天高中就进厂的王桂玲这一年通过全国成人高考，考上了潍柴大学的机电一体化专业。上学，一直是王桂玲的梦想。当年，父亲把她从学校接走时，她并不情愿。她说：“我想上学。”父亲告诉她：“潍柴有中专，有大专，工作了一样有学上。”王桂玲大专毕业后，凭借优异的成绩选择留校任教，后来又被作为技术骨干调回装备厂。2003 年，王桂玲考上了山东大学的函授班，学习热能与动力工程。四年以后，那一届 2 个班的 48 名学生只有 4 人取得了学士学位，其中就有王桂玲。学习改变了王桂玲的命运，她从一个铣车工起步，一步步成为技术员、工程师。

1995 年，21 岁的王树军也参加了成人高考，考入潍坊市职工大学。那份内驱力，推动着他持续学习，让他不断实践新想法，不断推翻已有的知识和经验，向更高的领域攀登。2001 年，他被推荐参加为期两年半的半脱产式“工长技师班”，仍然是模具钳工，所学的专业知识更深入更系统。已经当了父亲的王树军看着儿子可爱的小脸蛋，心劲儿更足了，待儿子熟睡后，他就向黑夜要时间，仔细研究白天在车间遇到的技术难题。2008 年，王树军参加了第一届“金蓝领培训”高级技师班，以优异成绩取得资格证书；同一年，他参加了专升本考试，两年半后取得本科学历……那扇萤窗一直亮着，也照亮了他的职业生涯。

参加大国工匠颁奖时，王树军考虑过带一本《中英大词典》作为匠心记忆的特殊物品。看到书桌上那本厚厚的已经起了毛边的词典，王树军心里五味杂陈，有遗憾，有隐痛，也有自豪。初中才接触英语，那时候学得很潦草，参加工作面对进口设备时才意识到“书到用时方恨少”。

王树军在图书馆寻找学习资料

20 年前，进口设备上附带的说明书全是英文，打开一张液压原理图，上面没有一个汉字。他们问陪产的外国专家："为什么不给我们中文版资料？"对方傲慢地回答：We have no information in Chinese（我们没有中文资料）。没办法，只能靠自己。王树军给自己定了任务，每天不背过十个专业单词就不睡觉，直到能看懂英文说明书为止。

有一次，王树军拆开一盒进口零部件的包装，一张说明书滑落出来，他意外发现说明书上有了中文。他指着上面的汉字，微笑着对同事说："这说明什么？老外对我们的态度变好了？不是。这些年，中国制造业飞速发展，国外厂家需要中国这个庞大的市场。"

夜色如同一件黑衣，铺展在大地上。生产线上的设备像收到了来自黑夜的指令，也安静下来，现在不是高产期，它们不需要上夜班。工匠创新工作站的灯还亮着，电脑屏幕上发出的蓝光照在他的脸上，影子影影绰绰地打在西墙上。王树军摘下眼镜，揉了几下太阳穴，继续盯着电脑上密密麻麻的线条和图形。几年前，他开始自学三维制图软件，之前的CAD制图已经无法满足机械设计的需求。设备在更新迭代，掌握的知识必须跟得上这种变化。

在王树军心里，真正的对手只有自己，他要战胜自己的慵懒、彷徨和疲惫。好奇只是起点，要想技艺精湛，必须养成终身学习的习惯，在学习和实践中涅槃重生。在不断超越自我的路上，王树军从一名维修工蜕变成一名机械师。

# 第四章 凝望青春

1953 年的盛夏，风筝之都潍坊迎来了一位新客人。这座明清时期就以“二百只红炉，三千铜铁匠，九千绣花机，十万织布机”闻名遐迩的手工业城市，无论如何也想不到，这位客人不仅在这里落叶生根，而且成为这座城市的标志。它就像雨燕一样在时代浪潮中起起伏伏，与鸢都一起展翅腾飞。

诞生于解放战争时期的环海铁工厂从威海迁到潍坊后，更名为潍坊柴油机厂。这家国营装备厂从创立伊始，就参与军工修理，经历过血与火的洗礼后，与国家前途、民族命运更紧密地连在一起。“一五”计划期间，根据国家严重缺电的情况，潍柴试制成功70马力6108高速柴油机；面对中国缺少大马力发动机的现状，1956年，潍柴又试制成功捷克80千瓦的6160中速柴油机，填补了我国中速柴油机的空白；20世纪60年代，在国家研究“两弹一星”的关键时期，潍柴生产的84千瓦6160发动机为罗布泊实验基地提供了强劲的电力保障；1968年，根据周恩来总理“关于大力实行灯光围网捕鱼”的指示，潍柴设计制造了450马力的6200柴油机，大大提高了远洋捕捞船的作业效率……浩瀚的海面上，潍柴发动机提供的光束汇聚在一起，把一片深黑的海域照亮。白浪河畔的潍柴，在缺资金少技术的艰苦条件下，克服重重困难，点燃了民族动力的星星之火。

1983年，国务院决定从奥地利引进斯太尔重型汽车项目，以解决我国汽车行业“缺重少轻”的历史难题。潍柴成为WD615发动机的定点生产单位，从此拉开了生产高速柴油机的序幕。

斯太尔项目实施伊始，潍柴开始筹建分厂。在615厂加工车间入口处的展板上，记录着分厂从1986年到2013年这28个春秋的历史。展板上有两张老照片格外引人注目，其中一张是劳动的场景：车间里，一个年轻人穿着蓝色的背心，挽着裤腿，手里的大锤抡过头顶，他的身体侧倾，锤头和目光都对准插在水泥地上的铁嵌，仿佛这一锤下去，地面就会四分五裂；他的背后还有两个女工人，弓着腰背、拿着铁锨，正把地上的水泥块装到小推车上。另一张照片是休憩的场景：也是在灰暗的车间里，五个青年蹲在地上啃着馒头，中间一个工人的肩头靠着一把大锤，好像吃完馒头立马就要握起锤头，边上还有一个青年大概早吃完了片刻，坐在地上埋头看报；他们的上方立着一面红底白字的旗子，上面写着“青年拉线突击队”。那时候车间里的口号就是“两手血泡一身汗，大家动手来拉线”。这里的“线”有特殊含义，不是“绳线”的“线”，而是“生产线”的“线”。这支突击队，仅用3个月时间就完成了615厂设备地基的打坑任务。

分厂筹建那一年，也就是1986年，12岁的王树军正在潍柴子弟学校上初二，一件事情像烙画一样烙在了他的记忆里。厂区东门有一面漂亮的大钟，每到整点，就会响起悠扬的钟声。王树军上学路上听，校园里也听，悦耳的钟声伴随着他从小学到初中。一天下午，天空湛蓝，校园里如往常一样书声琅琅，报时的钟却突然变声了，而且是从一个声音曼妙的女高音变成一个口齿不清的老人的声音，发出刺刺啦啦刺耳的噪声。快到整点时，王树军和同学们就捂住耳朵，等噪声过后再继续上课。又过了几天，噪声消失了，整点报时也没有了。老师告诉他们，大钟坏了没修好，被工人师傅关掉了报时功能。对于这个解释，王树军心里很困惑，“我们厂都能造出柴油机，怎么连个钟表也修不了？”老师说：“可能我们厂的维修师傅水平达不到，能修好这个钟的人就能在厂里被叫作‘大师傅’。”王树军才知道，工人和工人不一样，专业有差别，水平有高下。

“当工人就要当个大师傅。”这个想法像一粒种子在他心中扎根。

停滞的时钟挡不住机器的转动和工人们热火朝天的干劲儿，更挡不住少年的成长和梦想。1987 年 3 月，615 厂的前身汽车发动机分厂正式成立；第二年的冬天，第一台 WD615 柴油机下线，标志着潍柴由生产制造中速机向中高速并举的转变；1989 年，斯太尔引进技术项目通过国家验收，一台台国产的 WD615 发动机被安装到卡车上，中国重型汽车有了自己的“心脏”。1993 年，王树军以潍柴技校全级部第二名的成绩毕业。

王树军（三排左五）技校毕业照

毕业时，实习的指导老师吴师傅问，“树军，你想挑什么岗位？”

“维修。”

“能不去汽发分厂就不去。”吴师傅建议他的得意弟子。

“行。”

安全培训后进行选岗，王树军选择了615厂，成为一名维修工人。几天后，王树军回学校时又碰上吴师傅。吴师傅关切地问，“树军，去了哪个厂？”

“615厂。”

吴师傅愣了一下，叹了口气，没说什么，扭头干活去了。王树军愣在那里，有些摸不着头脑。

后来他才知道，615厂就是汽车发动机分厂，简称“汽发分厂”。那时候其他厂的效益很好，提货的卡车一辆接一辆排满了近500米的厂区中央马路，但它们大多是来拉6160中速发动机的。彼时，WD615高速发动机的研发还在摸索起步中，产能比较低，所以615厂的福利待遇比其他分厂差一大截。过年的时候，610厂每人发了一件耶利亚牌的大衣，看到同学或者朋友穿着崭新的大衣得意扬扬地走在路上，615厂的工人就像一群分不到糖的孩子，看在眼里馋在心里。但这并没有让王树军垂头丧气，

615 厂有的其他厂没有，他们车间里的斯太尔发动机生产线，是当时整个潍柴最先进的生产设备。多年之后，王树军甚至很感激年轻气盛的自己，感激自己选择了 615 厂。

在高精组当维修工的李炳贤很快就认识了王树军。李炳贤比王树军大 6 岁，早两年从另一家国营机械厂调到 615 厂，是技术过硬的电工，专门负责维修进口设备。那

入厂前军训时期的王树军

个时期的维修人员就像救火队员，哪里有故障往哪里去，在不“救火”的时候，王树军常跑到高精组来讨教问题。李炳贤发现，这个棱角分明的小伙子不仅长得帅气，而且爱学习，肯吃苦，交给他的活从来不用担心“掉地上”。

市场经济的浪潮拍打着计划经济时期建立起来的潍柴，一浪高过一浪，潍柴就像一艘巨轮，在大海上飘摇。转眼到了 1996 年，厂区中央马路上停留的进货卡车越来越少。彼时，王树军二十出头，正是找对象的年龄。出去相亲，对方开口就问，潍柴效益怎么样。王树军一听这话心里就打鼓。他发到手的工资越来越少，开始发90%，后来80%，50%……再后来，几个月都发不下来工资。他的技校同学、同事中不断有人辞职，留下来的只有两类人，一类是对潍柴感情深的，一类是出去也找不到门路的。王树军属于前者。父亲说，“潍柴这么大，不可能不行了。”他相信父亲。

王树军加入了车间的团支部。别人想办法找出路的时候，他忙着和团支书一起想办法留人。留人就要留心，厂里没活干，但人不能闲着，闲着就容易胡思乱想。为了挣团费，王树军和另外几个工友凌晨四点就去菜市场批发蔬菜，运回来一捆捆分装，等下班时在厂区门口摆摊卖菜。一元一捆，两元三捆，一天赚二三十块钱，一星期下来能攒一百多元。这一百多元能办好几场活动，他们组织围棋大赛，给获奖的工人发毛巾、茶缸这些生活用品。团费花完了，他们再想办法。最难的时候，他也没想过离开潍柴。

1998 年，王树军遇到了一生中两个重要的人：一个是潍柴新厂长谭旭光，另一个是自己的妻子单爱青；一个让他的生计有了着落，一个让他的情感有了归宿。

这年年底，一个教师模样的老人一路问着来到 615 厂的办公室。自我介绍后，他向厂办赵主任打听王树军的情况。厂办主任说，“人不错，是入党考察对象了。”老人听到这话，满意地走了。那是单爱青的父亲，王树军未来的岳父。第二年的圣诞节，单爱青和王树军手牵手，组成了自己的小家庭。

比起好友赵永昌，王树军的爱情故事要简单朴素得多。赵永昌骨子里是个浪漫的人，当年他用几十辆崭新的比德文电动车接亲，轰动了整个潍城，并且登上了省、市多家报纸的头条。凭着出色的文笔和组织能力，干了 10 年机械钳工的赵永昌转为宣传干事，现在是集团公司的党委工作部副部长。当过工人又分管工会工作，让他与王树军有了更多接触和了解。他们偶尔坐在一起，回忆那段流血流汗也流泪的岁月。两个人选择了两条不同的路，一个进入公司管理层，一个一直在一线干技术，相同的是对潍柴有如同母亲一般的深沉感情。回望青春，赵永昌在献给潍柴的朗诵诗里写下了这样的诗句：

> 今天的潍柴人和二十五年前真的不一样／眼神中再也看不到心酸和迷茫／闪耀的是自信坚毅神采飞扬／脚步中再也看不到无力和彷徨／听到的是坚定从容步履铿锵／今晚让我们伴着激昂的旋律／把激情燃烧的岁月再一次深情凝望。

2012 年，根据潍坊市工业企业退出中心城区搬进工业园区的整体规划，615 厂陆续停线搬迁。615 厂的年生产量从建厂初期的 1 万台到停产时的 24 万台，累计生产发动机近 140 万台，涵盖 WD615、WP10、WD10 等近 2000 个品种，广泛应用于卡车、客车、工程机械、船舶、发电等领域，成为潍柴这艘巨轮转型跨越发展的关键一步。2013 年 1 月，615 厂正式停产关闭。这座以一台发动机型号命名的工厂，如同一名战士，完成使命后光荣退役。

1995 年，王树军（左一）和同事合影

健康街上的潍柴厂区如今成了一座工业博物馆，厂房、车间还在，一些老设备也还在，只是人去楼空，铁已生锈，大门紧锁。行走在老厂，看着昔日的法桐长成参天大树，和很多“老潍柴”一样，他感慨万千，“这里曾是科研楼，这是装备厂，再往前就是615厂……过去我们到这边打热水……歇班的时候就在这个台阶上坐着抽烟聊天……”还有些角落，触发的回忆一直埋藏在心底，不为旁人所知。这里有他们的青春、抱负、抉择和爱情。

“干就负责、做就到位。”这句实践中凝练出来的标语已经成为一种执行力文化，在全公司推广。

“两手血泡一身汗，自己动手来拉线”的拼搏精神业已流进每个潍柴人的血液里，让他们更加强健有力。

青春已逝又何妨？！

# 第五章 如切如磋，如琢如磨

君子如玉，温润而泽。一块原石要经过切割、雕琢、抛光、上蜡多项工艺才能变成一件精美的玉饰。工匠就像玉器一样，也要历经切磋、琢磨，才会变得卓越。

第一个雕琢王树军这块璞玉的人是他的师父王志贤。收下这个徒弟的时候，王志贤 31 岁，正好比王树军大一旬。王师傅为人直爽，平日里大大咧咧的，爱开玩笑。王树军白天跟着师父学维修，没事的时候在班组里侃大山，下了班偶尔跟着师父吃个饭喝个酒，年轻的王树军对自己的岗位很满意，也很庆幸遇到这么随和好相处的师父。

1993年，临近年底的一个周末，维修班接到通知，要求尽快更换清洗机换热器中的密封垫。换热器是清洗机中非常重要的组件，120摄氏度高温的蒸汽通过换热器对清洗液进行加热，再用近55摄氏度高温的清洗液对柴油机零件进行清洗。在高温和压力的作用下，换热器中用来密封换热片的密封垫很容易老化破损，一旦发生漏汽，会出现工人烫伤、环境污染等潜在风险。

换热器里面的换热片有120块，全倒腾一遍是个不小的工程。王师傅他们计划上午拆开设备，对换热片进行清洗，下午更换组装密封垫。上午的清洗工作还算顺利，下午组装时却遇到了麻烦，拆散了的换热器装不上了。更换上的新密封垫厚度远大于被长期挤压的旧垫，组装时整个换热器的长度比之前增加了近一倍，原来的把合螺栓太短，无法拧紧。密封垫就像被硬塞进小鞋里的大脚，塞进去了提不上。他们想了各种办法，用重物压，用铰链挤，累得满头大汗却无济于事。王树军心里有些烦躁，时间一分一秒地过去，眼看快到下班点了，还是没找到解决办法。

师父王志贤想到一个主意，根据现在换热器的长度，

王树军在检修液压系统

车削 2 根长螺栓，采用交替把合压缩的方式把变长的换热器组装起来。办法应该是可行，但已经到下班点了。

“都这个点了，明天再修吧。”王树军不情愿地嚷嚷了一句。

师父瞅了王树军一眼，说：“不行啊，咱不能这样干。养兵千日，用兵一时，今天修不好，明天这台设备和整个生产线都得停产一天。”王师傅停了一下，对所有人说：“你们谁有事谁走吧，没事的留下来处理。”师父的音量不高，但说出来的话，字是字，句是句，每个人都听得真真切切。

王树军的脸一直红到了耳朵根。

那天晚上，班组的人谁也没走，按照王师傅的办法，车螺栓、组装、压紧……一直干到凌晨5点多，设备终于可以正常运转了。

清晨，上早班的人陆陆续续来到车间，没人知道维修班昨夜加班抢修的事儿，更没人知道王树军这一夜心里翻起的浪花。他一次次把目光投向埋头干活的师父，再想想自己那句不耐烦的“明天再修吧”，恨不得把头钻进密封垫里去。

这件事让王树军不仅对师父，也对岗位、责任有了新的认识。“干就负责”四个大字一直高高刷写在车间的白墙上，可之前他从来没当回事，在那一晚他才仔细琢磨起这几个字的含义。那是王树军第一次通宵加班，后来，他发现，班组中看似粗枝大叶的师傅们对拖班、加班，甚至是通宵作业，从来都不抱怨。他们就像待命的消防官兵一样，遇到困难永远是顶上去、冲上去，没有人选择后退。从那以后，王树军也给自己上紧弦，没有任务的时候或者看书，或者去看其他师傅维修，或者去练习车、锉、焊这些基础作业技能，在技校积攒的那些似懂非懂的疑惑在车间里逐一找到了答案。

此时，厂外的中国大地上，正发生着翻天覆地的变化。

1994 年，酝酿已久的《公司法》正式颁布，一种称为“现代企业制度”的改革模式在国有企业推行。然而，很多大型国企如同难以调转方向的巨轮，处于搁浅的境地，潍柴就是如此。国务院发展研究中心显示，国有企业亏损

王树军在进行夹具压力检测

王树军用计算机查阅资料

面超过40%，而民营企业蓬勃发展，改革开放初期创立的民营企业已经由草创期进入成熟期，他们挤占着市场份额。潍柴生产的产品不再是“皇帝的女儿不愁嫁”，产品没了市场，企业就没了收益。1998年，潍柴到了山穷水尽的地步——职工一万三千人，账面资金只有6万元，负债高达3.8亿元。

这一年的夏天，37 岁的新厂长谭旭光上任。谭旭光在全体职工大会上作出了掷地有声的承诺：“坚持原则，敢抓敢管，不做老好人，不当太平官；扑下身子，真抓实干，为企业干实事，为职工办好事；以身作则，清正廉洁，要求职工做到的我们首先做到，不允许职工做的我们坚决不做。”朴实的 72 个字，意味着刀刃向内的坚决和勇气，一场轰轰烈烈的改革在潍柴拉开了序幕。

谭旭光做的第一件事就是找银行贷款，偿还拖欠了员工半年的工资。所有人都以为那半年的工资肯定打水漂儿了，王树军也这么认为，毕竟负责人都换了。这个天大的意外之喜，让王树军看到了新领导的魄力和诚信，他决心一定要跟着厂长好好干！

潍柴的每一个管理者、每一个工人都憋着一股劲儿，进行着一场自我的革命。那时候，王树军以极大的热情投入到工作中。谭厂长有“约法三章”；王树军也给自己定下了“三多一少”的规矩——多看、多思、多干、少说。多看，就是要做有心人，多观察、多学习；多思，就是要遇事儿多动脑、多琢磨；多干，就是要肯吃苦、多动手；少说，就是要能沉下心来、不浮躁。谭厂长说过，他参加工作的第一个梦想就是成为一名八级工；王树军也给自己定了目标：那就是成为一名受人尊敬的“大师傅”。

两年之后，师父王志贤调到其他厂区，王树军接任维修班班长，带着23名维修工，负责大半个615厂4个车间的设备维修。“青出于蓝而胜于蓝”，王树军赓续了师父的认真负责，同时，发挥自己爱学习爱钻研的优势，优化每一项维修的步骤。

在玉成其美的雕琢过程中，他自己就是那把最锋利的刀。从事维修近30年，处理过大大小小数不清的设备故障，但一次“小”故障至今刻在王树军的脑海里，记忆犹新，那是一次让他“颜面尽失”的维修。

那是2001年，加工车间的一台双轴缸孔珩磨机发生了故障。珩磨机上装有两个珩磨头，把发动机汽缸体的缸孔打磨得更加光亮，这是汽缸体的最后一道机械加工工序。两个本该同进同退的珩磨头，一个动作正常，像赛场上年轻力壮的小伙子，另一个却行动迟缓，没精打采的没有节奏，像一个老态龙钟的老人。这台设备的核心是液压系统，王树军看到故障的情况，本能地觉得不难处理，他了解这台设备的基本构造，也知道两个珩磨头分属于两套液压系统。既然一套正常，那么它的各种压力参数就可以借鉴，照葫芦画瓢来处理另一套出现的问题。设备维修中，液压故障属于较难判断处理的一类。其他类型的故障可以使用相应的检测仪器，或通过“望闻问切”这些基本方法来锁定故障点，但液压故障是想看看不到、想查查不出的存在，到目前也没有很完备的检测判断仪器，只能通过压力表来检查它各部分的压力。

王树军把自己的思路告诉徒弟刘兴，让他带着另一名同事一起排查。半天过去了，等王树军处理完手头的工作，回来一看，两个人依然在忙活，故障依旧。几个人交流了一下，感觉解决思路和方法也对，于是，三个人继续排查故障点。液压系统从结构组成上大致分为动力元件、控制元件、执行元件、辅助元件，这种动作异常的现象通常是由控制元件引起的。他们想到了替换法，把各个零件与正常运行的那一套进行置换。然而，故障依旧。

工厂的大灯亮了起来，已经是晚上了。也就是说，车间停产已经一天了。虽然生产不忙，但一天下来都没有找到故障原因，这种情况王树军也没料到。徒弟和同事面面相觑地看着他，王树军脸色阴沉。

三个人继续加班排查，把整个设备的液压系统，从第一个元件——油泵过滤网开始，一直到往复油缸，从头到尾彻底排查了一遍。熬了一宿，三个人精疲力竭，心里

王树军在拆检高压泵

都窝着一股火。十几个小时又过去了，故障点仍然没有找到。

“先吃饭，吃了饭尽快回家休息，让其他人试试。”车间主任买来早餐，但三个人没心思去吃。看到车间的“大师傅”也没招了，厂里把事故上报公司，请液压专家来帮忙排查。王树军不甘心，他根本没有回家休息的意思，恨不得把自己缩小成油分子，顺着整个油路巡查一遍。

“班长，这个油嘴好像不通。”正在拆卸油缸的小丁突然喊道。小丁拆卸油缸时为了省力，往油缸的进油口里插扳手，本来打算借力把油缸搬下来，没想到粗大的进油口居然插不进比它细很多的扳手。进油口那么大，不可能堵住，难道是不合格的返修品？一检查，油缸里面的镶套果然是返修品。过盈量不大的镶套长时间运行将进油口堵住了大半，这样就把液压油截流了大部分，导致往复动作缓慢。把镶套进行正位固定后，设备恢复正常运行。

三个“老”师傅忙活了一天一夜都没找到原因，最后还是刚参加工作不久的小学员发现了故障点。这件事对王树军的触动很大，之后的几天他一直在心里进行自我批评：为什么就没发现问题的根源？是一开始就把问题想复杂了，简单的机械原因造成的故障，却把力气用到了液压问题排查上。为什么开始的检查工作没有再仔细一点？其实这个问题并不难发现，没发现还是由于粗心大意。自己怎么就这么粗心呢？这几年一直在顺境中成长，自恃有技术、有成绩，有领导和同事的认可，慢慢积攒了些傲气，人骄傲了就容易浮躁，浮躁就会粗心……王树军对自己进行了一次彻底的反省。

在那之后，他看设备的目光更专注了，握工具的手也更沉稳了。不管是拆解价值千万元的高端设备，还是拧紧一个普通的螺丝，他都以一颗平常心对待。维修是个精细活，再细致也不为过。那个时候，设备的维修体制还是事后维修，如何在最短时间内恢复生产，如何让停产损失降至最低，就是维修工追求的极致。他一直在追求这个极致。当维修班班长的那三年，王树军不仅锻炼了胆识，创新了思维，而且锤炼了心性，全情投入、专注务实、精益求精的精神逐渐内化为他的品格。

璞玉，渐渐显露出晶莹剔透的质地。

# 第六章 子非鱼，安知鱼之乐

王树军走到客厅，捏起几粒鱼食，撒进鱼缸里。这是每天早上他都要做的事情。四条斑斓的孔雀鱼摇着如裙摆一样的尾巴游弋过来，张嘴接住下落的鱼食，又扭头而去，好像着急去寻找别处的宝藏。鱼缸里没有石头、枯木和水草布置的景观，只有一层细细的白沙。王树军并不喜欢复杂的生态鱼缸，但他喜欢养鱼。在诸城老家时，水缸里常年养着两条潍河鲫鱼；到了潍柴的集体宿舍后，他央求父亲买了一个玻璃鱼缸，他把鱼缸放在窗台上，缸底铺满了花花绿绿的弹珠。他还和父亲一起用玻璃胶粘过鱼缸，那只鱼缸用了很多年。

小时候，他就是一个鱼一样的少年，常趁母亲不注意，偷跑到河湾里游泳，其实算不上游泳，就是“狗刨”。参加工作后，工厂旁边就是白浪河，可惜河水不再清澈，他只能去游泳馆里游。他享受在水中的自由，挥动手臂拍击着水面的力量感，还有游到对岸的成就感。这与维修设备十分相似。

每天跟设备打交道，钻在机床下面，两手油一身汗，加班抢修是常态，遇到漏汽漏电故障，再危险也要干——在很多人眼里，维修工是个苦差。别人所经历的“苦”，王树军也都经历着。可他不但不怕苦，而且能苦中作乐，变苦为乐。他感受更深的是处理完一个设备故障时的那份喜悦，还有收获的知识，那时候的心情如同经过漫长的等待，终于盼到鱼咬钩收竿一样。这种喜悦，伴随着他的整个职业生涯。

王树军参加工作的第二年，被分派到615厂维修组的缸盖班，负责三条缸盖自动生产线的维修。这条当时最先进的生产线，采用的是PLC控制，集中排屑的方式，也就是，生产线上的所有工位同时加工，产生的铁屑落到工位

王树军对设备进行精度检测

下面的方槽里，再由贯穿整条生产线的排屑链集中刮出，排放到铁屑箱中。每条排屑链呈环形布置，长40多米，重达3吨。生产线上，最让大家头疼的故障就是排屑链条断裂，每次维修就像一场战役，需要四五个人合力把铁链从机床下面一点点拖出来，找出断裂点，焊接，再整体回装，整个过程十几个小时。如果损坏严重，需要近二十个小时。王树军刚分到这条线上，就碰到排屑链断裂，进行加班抢修。干过一次他才知道，最难的不是把铁链拉出来，而是怎么把铁链装回去，整个维修下来，每个人身体都像散了架一样，想就地躺下。

三条排屑链发出哗啦哗啦的声音，混杂在各类加工设备发出的叽里咣当的声响中，如果不蹲下来都不会注意到它们的存在。可就是它们，一次次把大伙儿累得没脾气。王树军在车间里沿着生产线一圈一圈地转，“地瓜干鞋”啪啪地摩擦着地面，如果思考也有声音的话，这就是属于他的声音。纯塑料底的鞋子就像晒干的地瓜，所以工人们给它起了个名字“地瓜干鞋”，虽然穿着不舒服，好处是耐油。穿着橡胶底的鞋子在到处是油污的车间里走上半月，鞋就烂了，工人们更舍不得穿着皮鞋进车间，五元一双的“地瓜干鞋”最适合干活儿。

王树军边走边琢磨：能不能在设备运行的时候进行跟踪性检查？能不能及时处理发现的断裂问题，避免突发故障？经过一段时间的观察和思索，王树军终于想到一个办法——在工位之间的空档处设置一个检修口；同时，在检修口旁配置电焊机，发现问题随时焊接。想法很快实行。为了在不影响生产线正常运行的前提下，及时处理故障隐患，他又在检修口处安装了一个排屑链启停按钮，需要的时候可以随时暂停，而不影响各工位的加工。

接下来的一周，王树军天天拿着马扎守在检修口旁边，眼睛紧盯着排屑链上的链节、连接板、销轴这些零件，发现裂纹、走形的时候就按暂停按钮，修好了继续让链条往前走。用这种笨方法，给三条排屑链进行了一次彻底的“体检”。之后，每隔一两个月，他就给它们检查一次，有问题的环节越来越少。大概一年之后，需要把整个链条拖出来检修的老大难问题再也没有出现过。

王树军对主轴进行检修

这可以说是王树军参加工作后的第一次创新。当时，他们干的都是设备坏了之后的抢修工作，整个工种都没有预防性维修这个理念，王树军对排屑链的改装和维护可以视作预防性维修的一个雏形。这次实践的成功，不仅让他和同事们摆脱了繁重的工作，还收获了车间领导、师傅和同事们的赞许，这如同一针强心剂，激发王树军在岗位上深耕探索。

王树军意识到，维修这个工作不动脑就要累死，没有一成不变的工作方式，只要肯动脑，敢想敢干，总会有意外惊喜。日复一日的工作固然让人疲惫，但是，每个人都可以发挥自己的主观能动性，让日常工作变得丰富有趣。

20 世纪 90 年代的国营工厂，就像一架庞大的机器，每个工人就像这架机器上的一个小零件，分工明确，各司

王树军在测量镗模

其职。仅维修这个工种，按照工作内容和工作量就分为大修、项修和小修。小修比较简单，以排除故障为主，通常由生产一线的车间维修班组负责，王树军所在的班组当时就承担 615 厂加工二车间的小修工作；项修和大修，针对机器磨损、大的故障等问题，一般需要对设备进行拆解、更换部件、恢复精度，由专门的机修车间来处理。设备故障就如同人生病一样，头疼脑热的小毛病在家里自己就能解决；而大病，必须到医院找专家诊断治疗。

“大修需要恢复设备的整体精度，专业性太强，需要的专业工艺也多，耗时也太久，这个我们自己去做确实困难，但我们能不能自己进行一部分项修工作？”在没有担任维修班班长之前，王树军就在考虑这个问题。并不是每个维修工都会考虑这个问题，摆在眼前的现实是，多干少干拿的是一样的工资。这份肯动脑敢尝试的热情，让王树军干了很多“额外”的工作。他不计较多付出的时间，也不计较付出和收入的比例。如果只用金钱来衡量一件事情的价值的话，那不仅不会激励人，有时候甚至会挫败一个人。他把 615 厂当成自己的家，对家怎么会计较付出？他只会想尽办法，尽己所能，让家变得更好。

要胜任这份工作，前提是要掌握相应的项修知识和技能。这个短板很好补，特别是对于学习力超强的王树军来说，更不是难事。他心里从来没有畏难情绪，而是想：大家都是干维修的，属于一个行业，原理大同小异，并且我们有设备使用的第一手资料，这也是优势。再仔细对比，机修车间之所以能够进行项修和大修，是因为专用工具比生产车间齐全。这也不难解决，可以让车间协调，以帮工的形式把一线维修工派到机修车间，这样不但维修时长可控，还节约了维修费用。

从目的到方法，从技艺到工具，从薪酬到人心……逐项考虑周全之后，王树军把自己的想法告诉了车间领导。领导没有片刻犹豫，立刻采纳了他的建议。在以后的半年时间里，车间分批派人去机修车间帮工学习，王树军也在其中。学习回来后，他和班组的同事一起，把所能承担的项修工作进行详细梳理，并针对每一项工作制定了完整的修理方案，配备了专业工具。

一年以后，王树军所在的班组承担起了车间所有的项修工作，每年为车间节约维修费用50多万元，大大节约了车间设备的维修时间和生产成本。影响远不只这些，通过项修的历练，班组成员的技能大大提升了，大家都体会到劳动带来的喜悦。王树军发现，维修室里聊天闲逛的少了，练技术查资料的多了。一股昂扬向上的氛围如同蜡梅的清香，从维修室溢满整个车间。

世间朴素的道理大多相通。三百多年前，当过潍县县令的郑板桥在书斋里写下了“删繁就简三秋树，领异标新二月花”这句诗，作为自己为诗作画的指南。几百年后，生活在这片土地上的王树军，在机械世界以另一种方式践行这句古诗。他在设备维修上删繁就简、标新立异，领略二月花独特的芳香。

行车也叫天车，是必备的物料转运装备，对于当时自动化程度不高的流水式生产线来说，它的作用甚至高过加工设备，一旦损坏，区域内的辅料和工件运转都要受到影响。行车上的升降葫芦和小跑车属于易损件，这两个部件重量大，又是高空作业，出于安全考虑，公司将这两个部件的更换承包给专业队伍。从搭建脚手架到拆除更换部件，最快需要三个人两天才能完成。王树军昂着头看工人们作业，心想，这个方法费时又费力，可不可以用升降机搭配 V 形枕木来完成。跟车间领导沟通后，他们利用厂休日进行实验，王树军自己动手，一部升降机、一个人，不到三个小时就高质量完成了更换作业。这一作业法从 615 厂的加工车间推广到全公司，乃至外面的专业队伍，

王树军在拆检伺服电机

此后，搭建脚手架更换行车起吊装置的年代一去不复返。

在615厂，王树军带领维修班创新了很多操作法，那时候还不流行申请发明专利，他的初衷很简单，就是节约成本，让维修工作更省时省力。比如“垂直合箱安装法”，针对频繁发生的多轴箱打齿轮故障，他改良了机修车间平行合箱安装的方法，将这类故障的自主维修效率提升了25%；比如“水保护电焊作业法”，为了让易燃易爆的喷漆线不停机，想办法在上面进行电气焊作业，当然不是蛮干，是在保障安全的前提下进行的“危险”作业。许多看似不能干、别人不敢干的活，他都带头干了，而且干得很出色。不干，有一万个理由可以推托；干，只有一个理由，就是“我想干！”彼时，王树军还不到30岁，却已经是名声在外的“大师傅”了。

如果说车间是一个巨大的鱼缸的话，王树军就是里面最快乐的一条鱼。匍匐在地上的排屑链、加工零件的机床、高悬在车间顶上的行车都是他的“珊瑚丛”，他像对待自己的朋友一样，拿出十二分的耐心了解它们、照顾它们。他沉浸在机械世界里，找到了维修的乐趣和意义。

# 第七章 『蓝擎』：中国动力心

“蓝”是一种色彩，“擎”是托举的姿态。2005年，潍柴人把两个字结合在一起，诞生了一个崭新的词汇——蓝擎。

起初，“蓝擎”是land king的音译，取意“陆地之王”。对于潍柴来说，创造蓝擎是一次大胆的判断和勇敢的尝试，是对先进技术的不懈追求。

20世纪末，董事长谭旭光带领潍柴人卧薪尝胆，干成了三件大事：一是提升产品质量，打造了潍柴发动机的核心优势。1998年初秋，谭旭光将100多台有质量问题的潍柴大型发动机从客户那里拉回来，召开千人大会当场砸烂，所有职工含着泪看着他们用汗水浇铸的发动机变成了一堆废铁。谭旭光这样说道：“我要让他们从心里疼，这些产品会导致企业走向灭亡。”这次事件之后，潍柴所有员工的质量意识有了质的改变。伴随质量的提升，潍柴发动机的市场逐步打开。二是启动“三定”（定岗、定编、定员）改革。精简机构、裁撤冗员，直属单位从53个减少到10个，干部由750人减到235人，在岗职工总数由13600人减至8000人。谭旭光将这一改革称为“拆庙搬神”，他以壮士断腕的决心来拯救企业。三是完成“三三制”产权改革。将占企业资产三分之一的高速机业务剥离出来，成立潍柴动力股份有限公司，并运作在香港上市；占三分之一的中速机业务和职工留在原有集团，形成国内具有竞争力的船舶动力和发电设备生产基地；其余三分之一非主营业务全部推向社会。这一改革方案实现了企业从生产型向经营型的转变，使潍柴成为真正意义上的市场型企业，建立起现代企业制度。

甩掉包袱的潍柴轻装上阵，大大加快了追赶的步伐。1999年底，潍柴实现扭亏为盈，销售收入7亿元，利润

王树军进行项目调试

500 多万元；2000 年，潍柴还清了所有外债。随着西部大开发战略的实施，西电东送、南水北调、西气东输、青藏铁路四项基础设施建设的推进，装备制造业也迎来新的发展机遇，潍柴在柴油机领域占领了越来越多的市场份额。

新世纪的曙光照在白浪河上，王树军的小家也像潍柴这个大家庭一样迎来了新生。2000 年，对于王树军来说是个特殊的年份，这年秋天，他当父亲了！无论是对家庭还是对企业，他都感到沉甸甸的责任。第二年，王树军被推荐参加为期两年半的“工长技师班”培训，课程都安排在晚上或周末。每天深夜回到家，看着儿子可爱的小脸蛋，他的心劲儿更足了。待家人熟睡后，他就向黑夜要时间，仔细研究白天在车间遇到的技术难题。

2003 年 8 月流金的季节，潍柴开始筹建工业园，王树军作为业务骨干，被调到技术改造部负责一号工厂生产线的验收工作。彼时，困扰他的仍然是技术，他开始了从维修工到技术员的转变。维修发生在生产过程当中，维修工的工作是修好设备，最短时间内恢复生产；而验收发生在生产之前，技术员要到设备生产厂家催工期，从工艺到性能逐项检查设备是否合格，可以说，验收员是站在设备生命周期最前端的人。为了站好这一关键岗位，他又拿出自己的看家本领——夜以继日地充电学习。

白浪河畔的潍柴，无论是管理者、研发者，还是技术员、一线工人，都在进行着一场变革，实现认知和技术上的升级迭代，他们共同奏响了一部中国动力的时代乐章。

实干家的目光不会停留在功劳簿上。董事长谭旭光清醒地意识到，潍柴一直在吃技术引进的饭，而真正核心的

王树军在加工中心对设备进行精度检测

技术是买不来的，潍柴必须要研发属于自己的核心技术！20世纪80年代引进斯太尔项目，生产WD615柴油发动机，是潍柴第一次站在巨人的肩膀上，但依旧处于追跑状态。很长一段时间里，中国主要依靠引进国外先进技术，进行合资经营，通过市场换技术，获取经济发展，但核心技术仍然掌握在他人手中。

改革开放四十多年来，潍柴派出一批又一批技术人员到国外学习发动机制造技术。李昌信是潍柴最早到国外学习发动机制造技术的专家。1986年，他被派往奥地利学习发动机图纸，也是学习行业标准。图纸上不仅有德文，还有各种表示业内标准的符号，他像面对天书一样逐一把这

王树军在检修阀件

些符号破解，再进行图纸国产化。弄懂图纸后，引进零件，组装，进行试验。在潍柴成立的前五十年，一直对国外的发动机技术望尘莫及，只能通过这种“土法”仿制国外的产品。1996年，李昌信第二次前往奥地利，这次学习的重点是图纸设计。国外发动机主要是用在汽车上，而中国的发动机要用在工农机械、客车，还有起重机、装载机等工程车上，中国有自己的难题，这些难题只能由自己去攻克。2004年，已经59岁的潍柴总设计师李昌信第三次远赴奥地利。这次，他带了一批年轻人，里面最年轻的技术员26岁，他们和奥地利AVL李斯特公司做联合研发。回国后，李昌信带领团队开始自主研发高速柴油机。在当时全球主流企业普遍采用单体泵或泵喷嘴技术路线的情况下，潍柴采用高压共轨技术，聚力研发蓝擎系列重型高速柴油机。

2005年，凝聚着潍柴人心血和汗水的蓝擎发动机诞生了！它是我国第一款完全自主创新的大功率高速发动机，它的面世标志着潍柴真正地追上了世界重型高速发动机发展的潮流，从追跑开始并跑。

在潍柴人心目中，“蓝擎”不仅是产品，更是骄傲。如果问王树军，“你最喜欢什么颜色？”得到的答案肯定是“蓝色”。问任何一个潍柴人，得到的答案大概率是一样的，他们心中装的是同一种蓝，那就是潍柴发动机上的蓝，他们亲切地称它“潍柴蓝”。这种蓝，不属于天空，它比天蓝更深几个色调；也不属于海洋，它拥有海洋所没有的质感。这种蓝，带着古朴和深邃，隐藏在成百上千万辆重型汽车的内部。在千千万万名卡车司机眼里，“蓝擎”意味着持久、可靠、省钱，当他们开着卡车行驶在中国广袤大地上的时候，蓝擎可以让他们走得更稳，走得更远。跑了几十年车，他们知道，蓝擎发动机是最值得信赖的。

锲而不舍，驰而不息。潍柴在产品研发上持续加大投入，“蓝擎”发动机不断更新迭代。到蓝擎国Ⅲ N 系列，发动机额定转速降至 1900 转 / 分，实现重大技术突破，在经济性、动力性、可靠性、舒适性等方面达到国际领先水平。在成功开发蓝擎的基础上，潍柴攻克了重型高速柴油机及动力总成关键技术国际性难题，彻底改变了我国缺少重型动力总成核心技术的被动局面。蓝擎，成为中国高科技动力品牌，也是世界尖端动力技术的代表，它被赋予另一个意义非凡的名字——中国动力心！

坐落在潍柴工业园中心偏东的科技展馆，毗邻新产品

王树军在认真调试新项目

研制中心，展馆从外观上看就像一个巨型火车头，里面陈列着几十年来研发的系列发动机样品，大的像船，小的如斗，它们被用于商用车、农业机械、工程机械、船舶动力等各个领域。现如今，已经成为首席技师的王树军经常陪同外地参观考察团来这里，漫步在展馆内，他似乎看到了自己的昨天、今天和明天，也看到了潍柴从追跑到并跑，再到领跑的过程，看到了潍柴人改革的勇气和创新的激情，他仿佛听到了中国装备制造业走向世界的铿锵脚步声，心里充溢着满满的豪情。

# 第八章 在日本的44天

东方渐白，红艳艳的国旗把天空衬托得更加辽阔。这是2004年的初秋，王树军和验收小组的同事站在天安门广场上，看着五星红旗匀速升到旗杆顶端。观看升旗仪式是公司特意安排的，既是爱国教育，也是送行。在激昂的《义勇军进行曲》中，他们的心情也澎湃起来，使命感和紧迫感并存，每个人心里都不轻松。

北京的秋天在老舍笔下是天堂，衣食住行，无一不使人满意。王树军无暇欣赏首都的美，头天下午入住到酒店，他就一直在不停地喝水，这个季节他经常会流鼻血，这是老毛病了，为此从小到大没少求医问药，却始终没治好，渐渐地也就习惯了，只是到了干燥的季节格外小心。凌晨四点多，窗外还黑漆漆的，王树军就起床了，先去洗手间拧开水龙头，掬起一捧凉水，把鼻腔打湿。

看完升旗仪式，技改部丰田线验收组直接奔赴机场。同行的有团长李志刚，副团长杨德同，负责电气验收的陈有利，负责线体操作的陈建栋，负责工艺的王爱荣、乔华，负责电气维修的夏学军，以及专门学习鬼头压装机操作的崔延国，王树军负责的是机械液压。他们是从615厂挑选出来的精兵强将，被派去日本验收柔性缸盖生产线。

一行九人有个共同的身份，就是学员。对于这条纯数字控制的，代表世界一流装备水平的加工中心生产线，验收小组所有人都没有接触过。他们去的任务就是学习，而且是躬下身来认认真真向人家学习，因为他们都知道，生产线通过验收投产后，小组成员就是第一代技术人员，是这条线的具体操作者和维修工。这条生产线带回国后，不仅它的产出、维护完全靠他们几个人，他们还要当老师，依托这条生产线去培养新人。

尽管已经在技改部从事设备验收一年多，但对于这条生产线，王树军没有任何相关经验，更没有可以借鉴的东西。在这之前，他只见过，却从来没机会上手接触过高端数控设备。刚参加工作时，自己业余在培训班学过一点数控加工方面的基础知识，但对于如此先进的加工中心生产线，那点知识只能算九牛一毛。他想起当时整理的笔记——那张三米多长的图纸，已经过去了10年，上面的知识可能都过时了。王树军心里沉甸甸的。

飞机在高空中飞行，窗外的云海像一团团思绪，瞬息万变。王树军回想这一年，像过山车一样经历了起起伏伏。进技改部工作是每个维修工都向往的，不但可以学习业内最先进的装备技术，而且可以利用出差的机会游走全国各地。他想，领导既然把这么重要的任务交给自己，说明自己已经是技术好的大师傅了。那时候王树军就像天上的云彩，有点飘。结果，第一次外出验收设备，他就被狠狠地打击了一下。

那是去大连验收发动机机体的堵盖压装机，王树军踌躇满志地赶到大连工厂，一见到设备，他立刻傻眼了。当时那套设备采用了定量涂胶、旋转甩胶、真空吸附等技术，这些他之前都没有接触过。这些设备无论是在控制原理上还是在工艺构造上，比他天天面对的80年代的老设备先进太多了。整个验收过程，他都提不出有分量的建议，感觉自己像一只井底之蛙，十年的维修白干了！设备验收阶段就像孕期产检一样，很多隐患由经验丰富的验收人员发现并通知生产厂家进行整改，设备投入生产后可以减少很多设计缺陷所带来的故障。可是，王树军找不出任何毛病，提不出任何建议，他觉得自己显然不能胜任验收工作。

王树军从来就是一个不服输的人。之后，每当接到新验收任务时，他就提前一周跑到装备、铸造等专业厂，研究厂里现有类似设备的构造和原理，与设备的具体操作者、维修人员交谈，听取他们的建议。下了班就跑书店，购买专业书籍，不断地学习充电；再结合自己十几年的维修经验，提前对预验收的注意事项做好分析记录，到了验收现场有的放矢地提出问题。通过这些方式，王树军把自己锻造成一名出色的验收员，在以后的多次验收中，发挥了关键作用。他告诉自己，“办法总比困难多”，再看云卷云舒，心里明朗起来。

飞机抵达名古屋机场。顾不上休息，一行人匆忙赶往丰田总部。名古屋所在的爱知县拥有以丰田汽车公司为首的众多汽车相关企业，一直是日本的制造业中心，引领着日本的产业发展。第一次走进丰田车间时，所有人都惊呆了！已经不仅仅是当头一棒，整个人都像被施了魔法一样愣在原地。王树军用“震惊”来形容当时的心境，他说：“给我留下了一生难以磨灭的记忆。”

在望不到头的车间里，上百台机器人在有条不紊地工作着，整个车间几乎没有人，也没有轰鸣声。近处，几台机器人围成一个岛，它们挥动机械手臂，起、转、放，迅速、准确、利落，配合得十分默契。再想想自己的工厂，他们引以为傲的拥有全厂最先进设备的615厂，从屋顶到地面都是黑乎乎的，几条生产线上，工位一个挨着一个，一个车间几百人围着机床忙碌着。王树军想到父亲退休前所在的铸造厂，车间工人身上就跟煤矿工人差不多。父亲是个仔细人，不管车间里多热，干活时都戴上两层口罩，外面一层是湿的、里面一层是干的，里面的口罩也变黑的时候父亲再换上一个，为此还招来工友的嘲笑，说他“穷讲究”。而这里的主色调是白，工人的安全帽是白的，衣服是白的，就像医生的白大褂，生产零件的加工中心也是白的。竟然还有这么干净的工厂，人数这么少的车间，他们就像从煤山忽然穿越到了雪国。

一条代表世界一流水平的生产线正在等待着他们。整条缸盖线的主体分为五个环岛，由九台丰田加工中心、五台安川机器人、一台压装导管阀座的专机三部分组成。打开加工中心的操作界面，窄小的屏幕上只有英文和日文。王树军不懂，其他人也不懂。厂家配了一名翻译，但翻译不可能随时随地跟着每个人。

验收周期只有 40 天，时间非常紧张，九个人开始了疯狂的恶补。每天一大早，他们就来到丰田车间，跟着日

2004 年 10 月，丰田工机验收现场（后排左二为王树军）

方人员学习设备操作。王树军就如同一个穷汉掉进了金山里，拼命往自己的脑袋里装东西。每天除了培训内容，他还自我加压，给自己定了一个规矩：每天回到住处后学习两小时，复习当天所学的知识，同时，必须记住10个设备操作页面上的专业英语单词。最晚的一天，他们在车间待到凌晨两点，每个人都不想离开，恨不得把一天变成两天。不管回宾馆多晚，王树军给自己布置的作业，都不会打折扣。

转眼到了农历的八月十五，这一天对于每个中国人都有特殊的意义，特别是身处异国他乡的人。团长李志刚跟厂家沟通后，提前结束了一天的工作。他们去附近超市买了香肠、罐头、鱼片等一堆速食品，在房间里聚餐，举杯共度佳节。“海上生明月，天涯共此时”，算起来，王树军已经出国半个多月了，对设备的操作页面已经不再陌生，这段时间虽然累，但他更为能学到知识技能而欣喜。

接下来的工作更艰难——给设备找问题。对加工中心的设备构造和原理有了一定了解后，验收组按照行业标准，提出了几项整改要求。但无一例外全都遭到丰田专家的一致驳回，理由是，他们的定型产品不可能因为个别用户的要求而更改。在那些专家眼里，中国还是一个贫穷落

2004 年 9 月，验收小组中秋节聚餐（靠窗站立者为王树军）

后的国家，而日本是工业强国、是权威，这些中国来的验收组在装备制造方面就像小学生，没有资格向“大师”提出质疑。

在验收团长的指示下，针对提出的问题，王树军重新核对数据，梳理出了液压站升温超标问题，并依据行业标准，据理力争。最终，该项建议得到了日本专家的认可。丰田厂家改变了原设计，加装了降温设备。这条生产线的负责人向验收组低下了高傲的头颅。

走出车间时，验收组每个人都自信满满。当时厂家配的翻译是一位日裔华人，验收工作结束将要送别王树军等人时，她动情地说："干了半辈子的翻译，第一次碰上你们这样的验收组。我对以后祖国的崛起充满信心！"

原计划40天结束的验收期延后了4天。最后一天，代理公司赠送一个游览项目，问他们想去哪里。团长李志刚早就有了想法——体验一下新干线。他们坐着新干线到了离名古屋不远的神户，每小时200多公里的速度让人感觉要飞起来。他们从潍坊到北京坐的是绿皮火车，不过，每个人都相信，中国有一天也会有自己的"新干线"。

在日本待了44天，王树军瘦了4斤，回到家发现之前的裤子都变肥了。他没有给儿子买玩具，而是花两千块钱买了一台索尼相机。日后，这台相机成了他拆解高端设备的重要帮手，拆一步，拍一张，拆一步，再拍一张，拍完后拷贝到电脑上，像看影片一样一页页地回放。他说，"国外一些设备要拍上百张，这种办法很笨，但很好用。"

至今，那台承载了一段深刻记忆的相机，还放在他办公桌的抽屉里。

# 第九章 月是故乡明

“明月几时有？把酒问青天。不知天上宫阙，今夕是何年。我欲乘风归去，又恐琼楼玉宇，高处不胜寒。起舞弄清影，何似在人间。”熙宁九年的中秋，苏轼在密州的超然台上写下了这首久负盛名的浪漫主义杰作。南宋词人胡仔称赞它，“中秋词自东坡《水调歌头》一出，余词尽废”。

王树军的老家与重建的超然台相隔只有几十里，他并不觉得此地的月亮与别处的有什么不同。潍坊，最特别的是风。这座城市北面是渤海，地势平缓，没有高山阻断，如同一个巨大的口袋，顺海而来的风，鼓荡整个昌潍平原。这里的风大而稳，正因此而有悠久的放风筝历史，也获得了“鸢都”的美名。

调到技改部，开始频繁出差之后，王树军才对苏轼词中的意境有了几分体会。身在异乡，分外想念家乡的月亮和家人。

2003 年的中秋，他出差去“汽车城”十堰，验收 615 厂加工三车间的发动机缸盖生产线。1988 年投产的第一条生产线也是由这一厂家制造的，十几年中，生产线在使用过程中暴露出了不少问题，双方多次沟通，对存在的问题了如指掌。结果到了厂家一检验设备，包括王树军在内的每个人都非常失望，他们认为对方知晓并应该改正的问题依然存在。验收组用了一周时间来梳理存在的问题，与厂家的碰头会上，当把几十页的书面材料摆在桌面上时，对方的负责人吃了一惊，他认为这条线是复制的，而且更完美，根本不可能有这么多问题。双方开始了漫长的交涉。

云腾雾蒸，月色朦胧。江上的夜空浮着水汽，对岸的楼宇像在镜中，这里比潍坊要湿润宜居，可是，王树军更想念白浪河上空的月亮，他挂念年迈多病的父母。早些年，养家糊口的重担都压在父亲一个人肩上；他工作的那一年，父亲正式退休，但父亲是个闲不住的人。老家经常有亲戚进城看病办事，总会找到父亲，虽然父亲只是个工人，却是村里最早进城的人之一，他也乐于跑前跑后地帮忙。父亲一直是乡亲眼中的大好人，20 年前他们一家还没有农转非，父亲过年从潍坊买上一大箱刀鱼，回到老家挨家挨户地送，感谢四邻平日里对一家老小的照拂，末了自己家里只剩下鱼头和鱼尾。除了待人真诚大方，父亲还有一双巧手。他脑海里浮现出一幅画面：歇了班，工友们都出去喝酒了，父亲一个人在宿舍，拿出毛线和钩针，给百里之外的孩子们织衣服。自小他和姐姐、妹妹穿的毛衣、毛裤，戴的手套、帽子都是父亲一针一线织出来的，一直织到他们结婚，父亲继续给孙辈们织。他回想起在集体宿舍父亲当爹又当娘的那几年，还有搬到东宿舍后父亲打造的家具、封装的阳台，父亲把 70 平方米的小家改装得温暖又舒适。父亲最被人称道的是他的孝顺，他体谅奶奶一辈子受的苦。奶奶生过 8 个孩子，只活下来 4 个，父亲是最小的，但他也没有享受到多少父母的宠爱，父亲才 10 个月大时就成了没爹的孩子。进城后，父亲把奶奶接到身边

2003 年，王树军（左三）和同事们在东风设备厂留影

照顾，直到 1991 年奶奶寿终正寝。父亲教给他的东西真是太多太多了。如今他也当爸爸了。儿子出生在新千年的秋天，马上就要过三岁生日。他这个年龄的时候，父亲远在潍坊，父子相处的时间很少；现在自己也是一名潍柴工人，家就在工厂附近，可早出晚归、经常出差，对儿子的陪伴、对父母的照顾依然很少。

2003年，王树军在武汉黄鹤楼前留影

“多情应笑我……人生如梦，一尊还酹江月。”遥想当年苏轼在湖北黄州留下的诗句，王树军的心中也荡起几分豪迈。他喝酒喝得最多的一次也在十堰，具体喝了多少已经忘了，那是唯一一次醉酒。厂家仿佛是要把在谈判桌上失去的面子从酒桌上赚回来，拼命地劝酒，王树军被灌得怎么回到酒店的都不知道。第二天酒醒了，继续和对方在谈判桌上据理力争。两个月后回到潍坊，他口味都变了，已经习惯了湖北的辣。

“烟笼寒水月笼沙，夜泊秦淮近酒家”，南京就像一坛子老酒，醇厚，余韵悠长。王树军最长的一次出差是去南京。出发时，已经迈进了冬月。工厂冲业绩，工人加班加点，每个人都使劲拽住年的尾巴，在它溜走之前拼个圆满。

“这个春节可能回不来了，咱们一定要在春节前把第一段生产线给催回来。”临走之前，技改部的李部长给大伙布置了任务。这次验收的设备分三段生产线，工艺最复杂的是第一段，验收过程肯定不会轻松，他们已经做好了在南京过年的准备。

过了腊八就是年，南京街道上的年味越发浓郁。王树军他们天天跑车间，验设备，催进度，连时间都忘了。转眼到了腊月二十七，厂家问，“什么时候去车站？”“去什么车站？”“回家呀！你们返程，我们派车送站。”王树军干脆利落地说：“第一条线完不成，我们不回去！”厂家一听慌了，心想，这群人是疯了吧，过年也不回家，他们不回，但我们的工人必须回乡过年，这是盼了一年的节日。

后来，南京厂家找到潍柴总公司，双方协商，先让职工回家过年，节后继续验收。火车票早就被抢购一空，腊月二十九这天，王树军坐大巴车从南京回到潍坊，与家人短暂团聚后，正月初二又回到南京。此时，多数人还在一场场的团聚中不肯离席。王树军和儿子也没亲够，孩子四五岁正是可爱好玩的时候，稚嫩的声音里充满了童趣，他多想在家多停留几天啊！

南京的小吃闻名全国，王树军最中意的却是一款醋。一次，在一个小饭馆吃饭时，他无意中尝到一款醋，不酸舌头，透着粮食的清香。家人经常劝他喝醋，说可以软化血管，对他流鼻血的顽疾有防治作用。结婚以后，妻子经常把老陈醋、苹果醋等五花八门的醋买回家，无一不把人的牙齿酸倒，王树军觉得，醋比药还难喝，没想到在南京，竟然遇到了一直在找的醋。一看瓶子，写着“镇江”。之后，他们找了一家小饭馆作为固定餐点，去吃饭的时候先要上一瓶，后来要两瓶，验收组其他同事也都不再喝酒，全都喝醋。饭店老板娘被这几个实在的山东小伙子给感动了，干脆把钥匙给了他们，说旁边小屋就是储藏室，想喝醋去里面随便拿。王树军真想让妻子也尝尝这镇江醋的味道，他抬头看天，楼顶上月亮又圆了，掰指一数，离家已经四个月了。

2014 年 2 月，王树军在上海江边留影

王树军在进行部件装配

比起夫子庙的鸭血粉丝汤，狮子桥的狮子头、状元豆，他更喜欢潍坊的特色小吃朝天锅。外地的技术人员到了潍坊，王树军总会把他们带到一号工厂二楼的食堂，让对方尝尝这道美食。把煮熟的猪头肉切碎，撒上芝麻盐，卷在月亮一般的薄饼里，再配上一碗热汤，大口大口吃进去，全身都有了力气，这是最适合工人的小吃。他还会告诉外地来的客人，这一小吃的发明者是爱民如子的潍县县令郑板桥，真正的朝天锅是把锅支在户外，炉子里的木柴烧得正旺，大铁锅里咕嘟咕嘟煮着猪下水，锅口对着天空，冒出一团团白色的热气和香腻的肉味。走遍大江南北，王树军觉得，朝天锅才是最有烟火气的小吃。

设备验收时，对于厂家来说，验收组是客户方，厂家总是找机会约验收组的成员吃饭。王树军参与验收时经常会反转过来——他请客。他经常自掏腰包，请设备厂家的设计人员和组装调试生产线的工人喝酒聊天，顺带请他们答疑解惑。他发现，干设备这一行，时间久了，人人都有自己的工作感悟，在掏心交流的过程中，往往对方不经意的一句话就能让他茅塞顿开，这种技术人员之间的交流碰撞所产生的效果可能是自己一个人默默无声工作多年也学不到的。在请客吃饭的过程中，他一次次收获到“捅破窗

王树军全家福

户纸”式的意外惊喜。在诚心诚意的请教和惺惺相惜的交流中，王树军跟不少设备厂的老师傅建立起深厚的友谊。

“绿槐高柳咽新蝉，薰风初入弦。”2005年的初夏，王树军从南京回到潍坊。因为要参加金蓝领培训，他比其他人提前半月返程。回到家，王树军把儿子高高举起，几个月不见，儿子胖了高了。夜深人静的时候，他坐到书桌前，把这次设备验收取得的“真经”整理下来。自从调到技改部，几乎每天晚上他都会抽出一个多小时进行各类理论知识的学习，结合验收时的经验，从头到尾把之前所学的专业理论知识在大脑里回炉一遍。设备生产厂家处于技术的引领地位，一次现场验收，能学到不少前沿知识；再加上他独辟蹊径，通过和经验丰富的设备专家们交流切磋，纠正了很多习以为常的作业方法，理顺了装备维修中的工作思路，这些都为他今后对高端装备的研究打下了坚实的基础。

一轮明月高悬，水洗过一样，果然是家乡月更明。

# 第十章 这里是一号工厂

清晨六点半，双向八车道的健康街还没有到拥堵的早高峰时间，十几年前工业园周边还是一片荒凉，路上没有几辆车，如今高楼林立，已然是潍坊市的经济中心。厂区的永春路上停靠着几辆班车，身着蓝色工装的职工来来往往，下了车步行赶到他们所在的工厂。整个工业园占地1500亩，从南到北要走上半个小时。此时，王树军也走出潍柴佳苑，穿过公司西门，一路向南，他的目的地是一号工厂。

一号工厂位于整个园区中心偏北的位置。从高处俯瞰，潍柴动力工业园就像一列动车车头，正中心两栋弧形的建筑构成一个圆形，北边的是行政大楼，南边的是研发大楼。两栋建筑向心一侧全是玻璃，像凹面镜一样聚集着光和热，中间的圆形停车场整齐排列着几排汽车，它们共同构成潍柴曾经的厂标——同心圆，寓意着四海同心。“同心圆”的正北方就是一号工厂。2003 年，潍柴工艺路线大调整，在高新技术开发区筹建新工业园，一号工厂是当时建设的第一座生产厂。

王树军来到一楼的工匠创新工作站，翻开笔记本，查看项目的进度。此时，厂长助理吴连伟来到二楼的办公室，同样翻开笔记本，写下“早会”两个字。“每日一记”在一号工厂推行多年，吴连伟和王树军是这一制度的积极践行者，他们一早把当天的重要事项列下来，下班前再总结、回顾一天的工作。王树军手中的笔记本用了不到一年，侧面已经起了毛边，随便翻开一页，日期、事项一目了然，让一个个普通的日子变得有迹可循。事情固然重要，做事的态度更重要。在党支部会上，身兼支部书记的吴连伟经常让大家学习老党员王树军记笔记的方式。

不论是在党员队伍中，还是在维修人员中，王树军都

看着新年度的工作计划，王树军感到责任重大

是中流砥柱。目前，一号工厂有44名维修工，除了调到其他部门的工人，没有一个人离职，他们就像一股绳，紧紧地拧在一起，王树军一直是这股绳的中坚力量。

2005年下半年，随着各条生产线的设备逐步到位，一号工厂筹建接近尾声，王树军结束了金蓝领班的培训后，主动要求调入一号工厂的柔性车间，继续他钟爱的维修工作。

一号工厂从生产流程上划分为加工、总装、试车、成套四类车间，加工车间又包括刚性车间和柔性车间，这两个车间都生产发动机的机体和缸盖，刚性车间针对大批量生产，柔性车间适合个性化的小规模生产。“柔”意味着灵活，可调节、可变化，柔性车间的设备投资接近两个亿，主要加工设备由世界一流加工中心组成，而且配备工业机器人、桁架机械手作为加工中心生产线的物流转运装置，设备的先进程度不仅在十几年前，放到现在依旧是领先水平。

王树军很快就发现，这个车间虽然投资很大，但直接收益比较小。在保证产品质量的前提下，要想获得大的收益，产能必须跟上，起码不能低于成本产能。但当时这条生产线的产能比较低，跟加工同样产品的另一个刚性车间

MOTOMAN
TBH11

王树军对机器人夹爪进行检查

相比，差了四倍多，而且它的运营成本很高。当时，柔性车间从直接收益上看，没有任何优越性，甚至亏本。柔性车间就在一号工厂的 C 位上，从 1 号门进到工厂，首先映入眼帘的就是它。车间里的设备运行起来很壮观，十几年前，高端加工中心以及机器人、机械手这些现代智能装备在中国的工厂里还非常少见。

“这个车间就像参观用的。”有一次厂领导跟大伙儿交流时，王树军直言不讳地说出了自己的想法。厂长于如水一听这话，而且是技术最好的王师傅说的，顿时变了脸色，“你这种想法辜负了公司领导的良苦用心！”厂长语重心长地告诉在座的技术骨干：“在筹建工业园之前，董事长就意识到这样的高端装备、这样的生产格局，多年后就会普及，所以未雨绸缪，提前规划，下大成本建造了这个车间，目的就是提早锻炼人才。这是企业为以后发展作出的长远规划，让管理人员、技术人员、维修人员尽早介入，提前掌握数控设备的各种知识，为以后潍柴的高质量发展奠定基础。”

一语惊醒梦中人。在知晓了公司领导的初衷后，王树军把精力都投注到车间的高精设备上。车间里除了他参与验收的丰田缸盖线，还有德国海勒机体线，这条生产线由

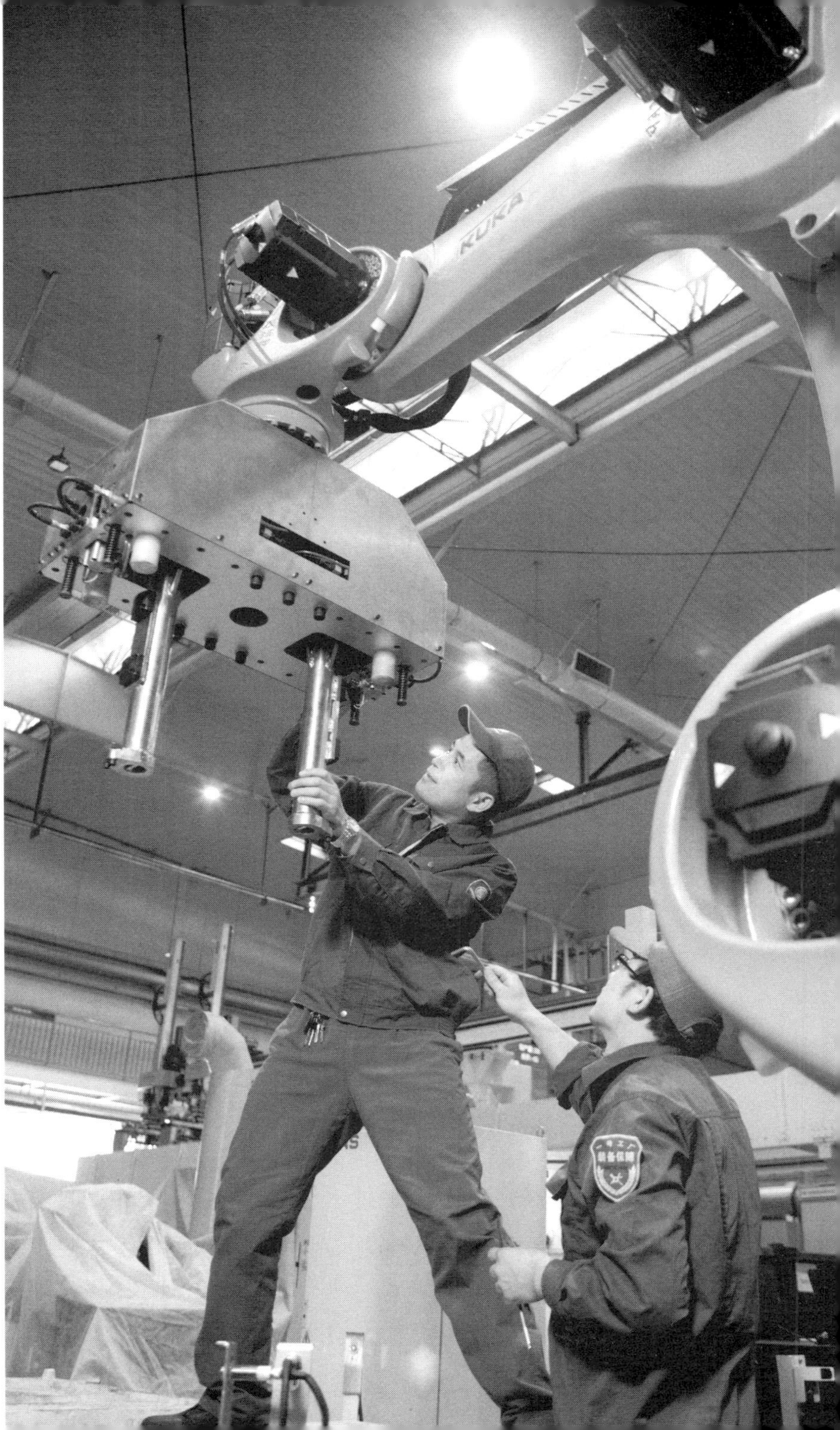


王树军对机器人进行检查

十五台加工中心和六部桁架机械手组成，比丰田线工艺更复杂更先进。2004 年，他跟着丰田验收组去日本时，还有一队人去德国验收海勒线，王树军一直为没有参与海勒线的验收而心存遗憾。如今，生产线就像一条白鲸一样摆在眼前，他要做的不是质疑它的存在，而是当好驯兽师，了解它、驯服它。

设备安装就绪后，只有不到一年的国外专家陪同生产期，专家撤走后，设备的日常维护就全靠维修班组。当时，维修班一共六人，有一个是像王树军一样工龄十年以上的老师傅，另外四人都是新员工，对于数控设备几乎就是一张白纸。王树军既当学员又当老师。针对年轻员工理解力强、动手能力弱的特点，为他们制定了两个阶段的学习：第一个阶段是练习，从数控参数指令的修改到空压、液压等易发故障点的维护等，都是练习内容；第二个阶段是实战，人为设置故障进行故障排除操作。每一个课题王树军都先做上几遍，与班组的年轻人一起在实战中成长。陪同生产期结束时，维修班完全接手了柔性车间的高端数控设备。

潍柴后期的发展也验证了厂长的话，后来筹建的二号工厂、三号工厂乃至装备厂、研究院等部门的人才输入大部分来自一号工厂。一号工厂就像深秋成熟的蒲公英，拼搏奋进的种子，四处飘扬，散落到各个分公司。

王树军说，一号工厂就像潍柴的黄埔军校。他看着一批批年轻人来到这里，被训练成优秀的士兵，再派到公司更需要的岗位上。吴连伟就是这所军校培养出来的优秀军官之一，如今，他负责全厂的成本、技改、现场、安全等工作，十二年的时间，一号工厂把他从一个涉世未深的大学生，培养成一名出色的管理人员。回首过去，吴连伟感谢那个懵懂的自己当时选择了潍柴，选择了一号工厂，他更感谢在个人成长路上遇到的一位位亦师亦友的同事。外界都说山东人喜欢认大哥，他不置可否。在吴连伟心目中，王树军就是一位“大哥”，这位大哥儒雅、谦和、技术好、爱学习，就像邻家兄长一般，遇到麻烦的时候总是想到他，而他总是会帮助你。总之，王师傅是一个值得信赖的人。

历史选择了一号工厂，时间验证了一号工厂。现如今，王树军、吴连伟都算是一号工厂的“老人”了，他们偶尔会聚在一起回忆从这里走出去的那些人：顶着压力让工匠放手干的侯永刚，走到哪里都关心工人吃穿的暖心领导鲁文武，他们聊到最多的还是雷厉风行的春晖厂长。

王树军在进行镗杆精调

春晖是满族人，长得五大三粗，平时很严厉，不苟言笑。他跟员工说："你们干得好了，我就笑了。"事实上，春晖很爱护员工，早晨他第一个来到工厂，晚上他最后一个离开。一个车间里的吸音墙，他让施工方改了三遍，就怕质量不过关伤害工人的身体。春晖担任厂长那七年，凭借他的领导力和执行力，带领一号工厂打了很多场硬仗，从生产到管理他们处处冲在最前面。"一号厂不当跟随者""不争第一就是在混"，这些理念深深植入一号工厂每个人的内心。

2023 年初，春晖回公司办理退休，大伙陪着他从一号门走到加工车间、总装车间、成套车间，一路走一路回忆，有辛酸和成就，也有遗憾和知足，几个山东大汉差点落下泪来。这一群人共同构筑了一号工厂敢闯敢干的拼搏精神。

玉汝于成。王树军就像一号工厂这块试验田里长成的大树，他将带领着维修班在高精尖设备的维护、改装、设计上大放异彩。

# 第十一章 狭路相逢勇者胜

像一座座小房子一样的加工中心，是一号工厂车间内最核心的设备，操作者只需要按下“房子”外面的按钮，里面就开始了磨、铣、钻一系列工序，发动机机体或者缸盖经过一番加工清洗之后，干干净净地被送出来，进入下一个“房间”。这些白色的“小房子”里面藏着最精密的部件和最核心的技术，犹如一个个秘境，暗藏玄机，它们是智慧车间的标配，也是衡量一个国家装备制造业水平高低的标志。

2005年底，王树军第一次独立处理加工中心故障，那也是他与外国专家的第一次较量。彼时，王树军调到柔性车间不久，德国海勒加工中心的陪同生产期很短，他感到时间紧迫，于是，天天跟在外国专家后面，调试设备时在一起，处理问题时在一起，恨不得一天24小时跟着他们。外国专家吃饭休息时，他就翻看设备资料，弄通工艺原理，整理学习笔记。

但是，并非所有的外国专家都那么容易相处。有几个老外工作时，一有中国人靠近，就让翻译告知，不喜欢工作时有旁人影响。王树军想上去搭把手都被拒绝。有一个叫大卫的专家尤为突出，调试设备之前先在自己的工作区域外围拉上警戒线，一旦看到不相干的人进入，扭头就走，丝毫不给情面。尽管这是在中国的工厂，但面对国外厂家的技术封锁和傲慢态度，中国的技术人员只能接受，或者说忍受。

大卫当时调试三台加工中心设备，加工的零件是发动机上的齿轮室。齿轮室属于薄壁件，上面有两个很大的平面，平面度要求达到0.1mm，很难保证精度。该部件之前都是在专用机床上加工，易发生变形的部位由人工干预处理。王树军一直想弄明白德国人制定的加工工艺是怎么突破平面度这一技术难题的。他通过翻译请教，对方敷衍地说，项目完成后会有专人负责培训讲解。王树军一次次试图靠近，都被挡在警戒线外。大卫向他投来厌恶的目光。

然而，直到整个项目结束，德国专家也没有调试成功0.1mm齿轮室平面度，整个团队用尽了办法，加工件废品率始终高达10%，最后只能通过商务谈判解决，也就是赔偿部分货款。德国专家在他们自己设计的秘境中也找不到方向了，只能“缴械投降”。

结项培训时，王树军对照图纸，认真请教培训师，尤其是对工装夹具的液压控制系统，一点一点吃透，他从中了解到德国加工工艺的细致与独到之处，整个系统纷繁复杂，使用了多种前沿技术。在这里，王树军遇到了之前闻所未闻的自动运行状态下液压二次去应力控制，这一超乎他们想象的技术已经被德国专家应用于加工过程中，可见在0.1mm平面度问题上，德国人下了很大功夫。但是，为什么没有成功，王树军把这个问题记在心里。

这条生产线的设计日产能是100台发动机，当时虽然没有满负荷生产，日产量也有50台左右，10%的废品率意味着每天就会有5件废品产生。精铣平面几乎是这个零件的最后一道加工工序，零件先经过热加工，由铸造工人

2007 年 12 月，王树军（右二）在德国培训时进行现场操作

从 1700 多摄氏度的铁水中一件件熔铸出来，再送到加工车间进行冷加工，用近 30 种刀具把粗糙的坯件一点点加工成成品。一件不合格产品，意味着工人们付出的工时和汗水都付诸东流。“无论如何要想办法解决这个问题！”他暗想。虽然有想法，但一点头绪也没有。他又想到调试期间大卫的那眼神，心里燃起一团火。32 岁的王树军正处于血气方

刚的年龄，也许是自身的学习积累让他有了底气，也许是对方傲慢的态度点燃了他的斗志，他决心试一试！

在生产一线待了十几年，王树军对每个零件的加工工艺非常熟悉，有一些经验是可以借鉴的。反复推敲后，他确信，问题的根源就是出在夹具上，只有把传统加工工艺的成功经验应用在这上面，问题才可能解决。之后的一个月，只要没有其他任务，他都会认真研究这台加工中心的液压工装夹具图纸。这套工装的主压力超过200公斤，完全是液压顺序控制，与国内常用的45公斤主压力、电磁阀

2007年12月，王树军在德国肯普滕市（Kempten）培训时留影

分路控制的液压工装有很大区别，而且，其中包含多种诸如二次去应力控制这样的液控技术，要不是在厂家培训时有了一定了解，他也看不明白这份液压原理图。

王树军的思路在秘境中游走，对照资料，结合实物，一条支路一条支路地研究，一个点一个点地核对。他在找一条路，那是设计者的思路。尽管这条路藏得很隐蔽，但他相信能找到。他发现，这套工装不但应用了多种新型控制技术，在传统液压回路控制上，每一条支路也都有相应的减压阀和调速阀来控制其压力和速度。作为变形补偿的各个辅助支撑，这种设计可以留给技术人员很大的调整空间，对于工件上易发生变形的部位，这种控制可比之前进行人工干预的老办法先进多了。这似乎是设计者留下的出口。他不断调整支撑压力来实验加工效果，然而，一如既往地无效。既然各支撑点都可以分级调整控制变形，为什么还会产生废品？他如同进入了一个没有出口的迷宫，转来转去，依旧回到原点。

万物都有裂隙，那是光透进来的地方。当你全身心投入一件事时，就会发现它的缝隙。一天，王树军手持冲击钻，打地基螺栓孔，右手臂跟着冲击钻一起嘚嘚震动，钻头碰到坚硬的地方时跳动得更为明显。这一现象让王树军豁然开朗，如同阳光穿过迷雾，照亮了脚下的路。那一刻，他断定，一定是具有自锁功能的辅助支撑受到冲击后出现了脱离现象，脱离造成支撑失效引发了加工变形，不过脱离距离非常细微，又是在工件内部进行的支撑，所以技术人员无法发现。

传统的老办法也有它的优势，联想到过去工艺中的人工干预处理，王树军决定采用弹性支撑替代法对工装夹具进行改进。改动刚刚验收的高精设备可不是一件小事，尤其还是“洋”设备，改动后能否成功也是未知数。关系好的同事劝他不要去惹那个麻烦，一旦改动后效果更差，麻烦就更大了。

眼看就要找到秘境的出口，这个时候王树军更不可能放弃。只有改装方案完备，才能做到万无一失。他计划在原夹具的基础上，自制所有改进的零件，不改动夹具上自带的任何配件，如果改装没有效果，也能将其复原。当王树军把改装思路和厂长沟通后，厂长全力支持，一句“出了问题我担着”，更是给他壮了胆。

王树军按照自己的思路有条不紊地进行。设计自制件，采用弹性支撑取代原有的刚性支撑，根据工件结构特性及支撑点的不同位置设置不同的支撑力，各支撑即使受到加工过程中的冲击力也不会出现与工件支撑点脱离的现象。他和班组成员反复试验，完成各支撑点支撑力的重新调校，经过连续一周的切削实验，圆满达到预期效果。改装后的夹具彻底解决了平面加工废品率超高问题，将产品废品率控制在0.1%之内。

王树军体会到久违的柳暗花明又一村的喜悦。这次故障的解决，让他和同事们信心大增，原来我们中国工匠的能力并不比外国专家差，他们能做到的，我们肯定能做到，他们办不到的，我们也能做到！

设备投产半年后，海勒公司进行用户回访，派来的专家依然是大卫。王树军在分厂的会议室里再次见到了这位拒人于千里之外的老熟人。大卫的目光依然傲慢，但王树军的眼神中却多了几分坚毅。大卫是带着问题整改方案专程来一号工厂的。对于当时的遗留问题，他也没有放弃，当听说问题已经彻底解决时，他的眼睛里流露出吃惊和怀疑，要求马上到现场落实。

大卫到车间后，顾不上拉警戒线，直奔加工中心，他拿起挂在一侧的设备交接班记录表，一页一页地翻看。表上是操作者详细记录的设备每天的运行情况，包括刀具更换记录、加工的合格品及废品数量等信息。翻完整本记录

王树军在进行夹具检修

表，大卫的眼神不再那么刚硬，他通过翻译与王树军进行了细致的交流，了解整个改装过程后，他竖起了大拇指。

在那之后，王树军三次前往德国，他凭借自己的技术与国外专家平等地坐在谈判桌上进行交流。2007 年冬天，他与同事去慕尼黑，向 MIMATIC 工厂的工程师学习角度头修理技术；2016 年，去斯图加特的罗伊特林根，验收 BW 公司枪铰机设备；2019 年，再次飞往斯图加特，验收新一代加工中心。王树军感受到德国专家对于技术的极致追求以及对技术人员的尊重。这份平等谈判的底气也是潍柴给予他的。2008 年起，公司探索实施海外并购，相继战略重组了林德液压、法国博杜安等一批海外知名企业，潍柴人离“全球领先、受人尊敬、可持续发展的工业装备跨国集团”这一企业愿景，越来越近。

车间现有的加工中心在王树军眼里已不再神秘。技术在不断进步，加工中心也在不断升级，他对机械世界依然保持着孩子般的好奇，并且，有勇气去探险新的秘境。

## 第十二章 工作站的日与夜

横在永春街天桥上的射灯亮了起来，桥上熙熙攘攘，多是些年轻的面孔，他们有的往左去工厂、行政楼，有的往右去设计院。灯光照射在“心无旁骛攻主业”几个红色大字上，看起来比白天更加醒目。每次路过天桥，王树军的目光都要在上面停留片刻，这七个字是潍柴的精神结晶，也是潍柴取得举世瞩目成绩的关键所在。

走下天桥，从位于一号工厂西南角的三号门进去，左手边就是“一号工厂工匠创新工作站”，这是一个知名度很高的工作站，经常有来自全国各地的工会组织或工匠团队来这里取经。“全国示范性劳模和工匠人才创新工作室”“王树军技能大师工作室”“王树军劳模创新工作室”……门口悬挂着的十几块铜牌泛着金光，这里是王树军和其他几位同事平时的工作场所。目前，工作站有四位驻站技师：大国工匠王树军、齐鲁工匠王平、潍坊工匠李炳贤和甘洋洋。他们的办公桌紧靠北墙，其实几个人并没有多少时间坐在这里，白天他们基本都在车间，晚上工人下了班，他们才来到自己的工位上，继续白天没有完成的项目或者钻研新技术。

走进工作站，进门是一面荣誉墙，墙上装了两台电视，展示架上摆满了奖状和奖杯，除了墙上的展板，这是站内唯一用于“展示”的区域。工作站一扩再扩，里面的每寸空间都得到最大化利用，站里的主角是工作台和钻床、车床等仪器设备，用于工匠和学员进行机械加工、电工电子、液压、自动化等方面的试验和培训。工作站南头的屋顶上装着行车，曾经有位公司领导来视察后觉得行车有碍观瞻，建议拆掉。王树军笑呵呵地说，“如果没了行车，我就换地方。”所以，工作站一直保留着这份朴素和实用。站里最值钱的东西就是东墙下“精密仪器研修区”

王树军（右一）进行光栅尺装配

的几台设备，每台设备都来之不易，王树军记得它们的来历，像这台装在黑箱里的激光干涉仪，是用市总工会给的一笔奖金买的，这台小设备可测短程从 0.1 米至 4 米、长程从 1 米到 30 米，可以对各种高精密机床做线性检测、角度精度检测与补偿……

工作站的西墙上，高高悬挂着潍柴的效率文化标语——“一天当两天半用”，激情文化标语——“不争第一就是在混”，还有几块文字展板，其中一块上面写道，“弘扬‘疯子’式创新文化，充分激发科技人员的创新梦想、创新效率，打造行业最优的创新生态。”这是谭旭光在集团全球 CEO 大会上的一段讲话。

小到几个人的家庭，大到成千上万人的公司，时间久了，都会形成独属于他们的语言系统。一些词汇，只有他们知晓其意，只有他们知道这些词背后的故事。“疯子”跟“心无旁骛”一样，都是属于潍柴人的特殊词汇。说到“疯子”二字，王树军有一箩筐故事，关于潍柴的，也关于他自己的。

“疯子”式创新文化是什么样的文化？在王树军看来，这是一种把自己逼入绝境、敢想敢做的理念，是一种为了实现目标，不分昼夜，全身心投入的精神状态。王树军第一次把自己逼入绝境是在2008年的下半年。

工厂刚进入高产期，一台加工中心的数控转台就出现了故障。几天之前，数控转台下方开始滴答滴答漏油，维修人员发现后马上上报车间领导，大家心里都明白这是不好处理的故障。数控转台是加工中心的精密部件，定位精度为千分之一度。按照常规的处理方式，是把整套设备拆下来，海运发回德国厂家，由原厂维修。不算维修费和运费，来回就要三个多月。

“王师傅，要不你试试？”厂领导问王树军。

王树军心里没谱。如果有详细的装配图或者其他可以借鉴的经验，他还敢尝试一下，但关于数控转台的任何资料都没有。这些精密部件里有生产厂家的核心技术，对于他们的维修方式和维护措施厂家都严格保密，既不提供相关资料，又不做任何培训。不仅不教用户，就连厂家的中国服务工程师他们也不教，王树军那套跟陪产工程师学习的策略在这里完全失效。

“花钱修就花钱修呗，又不是花你的钱。”“对啊，别操这个心了，那可是上千万元的设备，真拆坏了谁兜着？”工友们有的好言相劝，有的一副看热闹的样子。在他们眼里，这些精密设备技术超前，国内工人肯定修不了。难道

王树军（左二）与同事一起巡检设备

只有把设备寄回厂家这一条路？王树军偏偏不认这个理。这类设备很多，不可能总是指望国外厂家，让别人卡住脖子。如果自己的事情自己都办不了，每次都依赖别人，这叫不战而退——这不是他王树军的做事风格！

“我试试。”王树军就这样把活儿接下了。

他知道转台下安装有圆光栅、复合轴承及涡轮蜗杆等精密传动零件，并且排列着多级调整垫片用来调整工作台

王树军对加工中心工作台进行检修

传动机构的各级间隙，拆解过程中任何一个细微的失误，都会引起精密零件的损坏，造成难以弥补的损失。但是，他毅然决然地把活揽下了，谁让他骨子里有一股不服输的劲儿呢？人如果没有一点精气神，不敢想、不敢做、不敢闯，那什么事也干不成。

如果没有路，那就自己蹚出一条路。王树军结合多年的工作经验，先根据转台外露零件的位置，绘制了理论上行得通的传动示意图，初步制定拆检步骤。维修精密设备，最难的就是拆零件。理论上虽然行得通，但真正动手了，才发现此路不通。尤其是面对一个可以转动的零件，但就是找不到任何螺丝或者衔接点，眼睛都要鼓出来了也看不出怎么拆卸时，那种焦躁让他产生强烈的挫败感。这种状态如果长时间持续下去，真会把人逼疯。

"实在不行就放弃吧，已经尝试过了。"白天，有那么几个瞬间，王树军脑子里跑出这样的念头。这不是他与国外专家的斗争，也不是与数控转台的斗争，而是与自己的斗争。关键时候，更不能被情绪左右，理智告诉他：让心沉下来，冷静地分析。在拆卸的过程中，不管多大的零件，只要能用人工拆卸的，他决不用吊装工具。手是柔软的，有温度的，用双手小心翼翼地把零件取下来，即使步骤错误，也不会造成较大损失。拆下的每一个零件，他都仔细做好标识；拆一点用相机拍一点，记录下来，放到电脑上反复看，分析零件之间的关系，及时修整拆检思路。

这次维修，光拆设备他就拆了三天，车间每个人都替他捏着一把汗。终于，王树军成功发现故障点并顺利修复。此次维修也开创了数控转台摆脱厂商垄断维修的新局面，王树军不仅对自己更有信心，也给其他工人涨了信心，“洋”设备在大家的心中不再高不可攀。

王树军没有想过“担当”“无畏”这些大词，他的想法很单纯，就是不能把活儿“掉地上”，就是当年师父教给他的“干就负责”。

2008 年到 2011 年，随着西部大开发的推进，潍柴在工程机械领域高速发展，产品供不应求，车间实行对时生产，人员两班倒，设备连轴转。那几年，是王树军生物钟紊乱、睡眠质量最差的时期。同班组的一个同事，午夜 12 点值完班骑着电动车回家，在一条漆黑的路上与一辆农用三轮车相撞，去世时只有二十几岁，还未成家。一些在企业最困难时期都没走的同事，挺不过高强度的劳动作业，选择了离职。人和设备都在超负荷运转。

加工中心的高精设备过去就像一直养在马圈里的千里

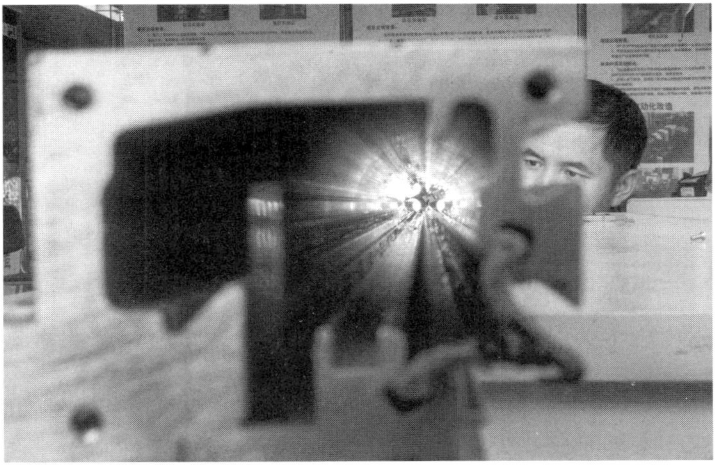

王树军进行光栅尺研究

马，突然让它日行千里，也适应不了这样的快节奏。数控转台之后，加工中心的光栅尺又频频出现故障。光栅尺是加工中心的位置检测反馈元件，相当于加工中心的神经系统，每一台加工中心至少有三根直线轴光栅尺。当时一号工厂有 15 台加工中心，45 根光栅尺的故障率能达到 47%，单单这一项的年维修费用就高达 80 多万元，而且维修过程烦琐，严重影响生产。

一般来说，一个成熟的产品，除非是使用维护不当，否则不可能有如此之高的故障率。王树军天天面对这些设备，他很清楚在使用维护过程中不存在什么问题。直觉告诉他，这批设备有问题，起码是局部的设计适应不了当下的生产模式。

王树军对设备提出质疑的时候，也有人在质疑他——这是世界一流的设备，设计怎么可能有缺陷？难道国外的工程师还比不过一个维修工人？王树军把这些声音搁置在一旁，他没时间想这些。发现了问题就要想办法解决，不能当缩头乌龟，他必须要根治光栅尺这个顽疾。动手就有风险，一旦失败，损失可能更大；但如果不尝试，永远解决不了问题。他把想法和顾虑跟厂领导汇报后，领导很支持："放开了干就行，出了事我给你兜着。"有了这颗定心丸，王树军可以大胆尝试了。

那段时间，王树军吃不好、睡不着，满脑子都是设备原理图，做梦都在翻资料、画图纸。最关键的就是要找准缺陷、分析原因，这样才能对症下药。每次查找问题时，王树军都需要钻到加工中心工作台底部，里面空间狭小，进去时，他只能先趴下，一点点地往前爬，出来时，再慢慢倒着挪出来。有时为了落实一个问题，在里面一待就是一两个小时。当时正值 7 月，气温高达 30 多摄氏度，他

王树军在进行设备安装调试

每次从工作台下面出来，浑身都是汗水和油污，腿脚麻得不能动弹。功夫不负有心人，经过了一次次排查，他终于找到了问题所在。

针对原设计中暴露出的问题，王树军逐项寻找应对策略。他在设备原基础上，设计了一套独立气密保护气路，对光栅尺进行保护。经过多次模拟实验，成功完成了对设备的改造，使光栅尺故障率由原来的 47% 降到 1% 以下。在这之后，王树军有了一个习惯——质疑。不管是国外设备还是国内设备，只要故障频发，他都会想，是不是设备有缺陷或者水土不服，然后仔细分析故障根源，看看能否通过改造来增强其性能。

阳光透过南窗射到工作台上，王树军一大早就来到工匠创新工作站，他提前整理好工作台上的仪器和工具。又到了给新入职员工培训的时间，作为驻站技师，传承技艺是他们工作中重要部分之一。通常，王树军会把第一课放在工作站的“基础技能提升区”，从钳工的基础原理讲起。

他告诉学员们：“一名合格的装备维护者，仅仅能处理故障是远远不够的。在装备维护管理中，通过各类手段实现装备的有效管控，打造设备零故障、低成本运行才是目标。只有掌握了机械、电气、自动化等各方面的技能，才能触类旁通，对设备自身存在的不适应生产现状的部位进行改进，让设备更好地为生产服务。”

一位年轻学员问：“改造设备是机械师的工作，维修人员能干得了吗？”

王树军说：“只要想干就干得了，创新不分工种。公司提出的‘自主创新＋开放创新＋工匠创新＋基础研究创新’四位一体创新体系，为工人创新提供了最优环境。没有人比我们更了解朝夕相处的设备，一线工人应该担当起创新的主力军。”他指着工作台上的工具告诉学员们，“在我看来，机会满天飞，就看你有没有能力接住。”

# 第十三章 又上领奖台

繁忙的生产线上，平均每95秒就有一台大功率低耗能的发动机下线，当年王树军在日本看到的现代化车间在一号工厂得以复现，这个整洁而又高效的机械世界背后是人的精神，是一群人对一个个技术高峰的攀越。生产线的核心部分来自国外，可是效率却比国外设备提高了近四倍，直到现在外国生产商也没弄明白这群中国人是怎么做到的。答案就在王树军的脑海里，那就是把半精加工设备改造成适应精加工要求的设备。他经常站在某一台设备前，手插着双兜，一动不动地盯着它看，目光越来越深邃，眉毛拱成两座山，直至找到优化工序的办法，额头的皱纹才散开。

改造工装夹具、光栅尺之后，王树军打破了外国设备高不可攀的神话。设备如人，特别是这些高端的精密设备，它们大部分出生于欧洲大陆，来到这里后有的不适应潍坊干燥的环境。空气的湿度、纯净度、产能大小、操作人员的使用方式都可能影响到它的性能。王树军像了解人体经络一样了解每一台设备，从根源上分析设备故障，再寻找“药方”，通过改造设备来增强它的“体质”。之后，他又带领团队完成了进口机械手手爪定位夹紧装置、加工中心温控系统等设备的改进，都取得了很好的效果，被改装的设备不仅故障率降低，而且大大提升了生产速度。

德国提出“工业 4.0”之后，中国装备制造业也加快了追赶的步伐。2012 年，为了加快推进新产品上市，潍柴开始推行装备自动化改造，一号工厂作为试点单位，依然冲锋在前。时任厂长春晖找到王树军，让他担任第一个项目的负责人。工作这么多年，王树军第一次心里发怵了。在他看来，维修和设计就像一枚硬币截然不同的两面，设计者和维修者可以在各自领域取得佳绩，却难以越到对方的

曲轴箱自动装配设备

领域。

维修或者改装都是在已有的设备上做文章，而设计，是一个从无到有的过程。已经从事设备维修20年，王树军对设备构造了解得越深入，越感叹设计者在其中倾注的智慧。他常跟班组的年轻维修工说："不要小看设备的任何一个设计环节。我们维修时，会挑毛病，发现它的不足。但如果换位，让我们进行设计，那绝对无从下手。"有时候，对一个精妙的部件，他们需要仔细拆解、长时间研究，才能理解其原理构造，有的可能研究了很久仍然不明白其中蕴藏的奥妙，它们像无线网络一样，是看不见摸不着的。基于这样的认识，他面对每一台设备都怀着一颗敬畏之心。

2010年前后，潍柴正在进行一场维修机制的变革，由过去的“事后”维修转变为“事前”维护，维修工从原来的车间“消防员”变为设备的“保健医生”。王树军也意识到，不能止步于“坏了什么修什么”，还要学会“需要什么造什么”。公司好不容易在激烈的市场经济中闯出一片新天地，作为一个老潍柴人，他有责任挑起这个担子，蹚出一条工匠创新的小路来。最终，他接下任务，尝试攀登机械设计的高峰。

第一座山的名称是“缸盖螺栓自动拧紧单元”。简言之，就是要实现一台8+3轴缸盖螺栓拧紧机的自动化。拧紧螺栓，这一看似简单的工序，操作起来特别麻烦，对螺栓的扭矩、拉伸力要求非常严格，力大了拧得过紧，力小了、松了都会影响到设备的整体质量。除了力度，人工拧紧还存在位置偏差等问题。当时一线工人使用瑞典的ATLAS扭紧工具来拧螺栓，一套不大的工具20万元左右，里面的齿轮零件损坏频率非常高，一个月就要置换好几套，维修费用高昂。摆脱人工，实现螺栓拧紧自动化，成为破解这一工序的最优解。

在前期论证项目的可行性时，就有人提出疑问，摆在大家面前的问题很多：工人使用精密工具才能完成的工序能否由机械代替？三排共二十四个螺栓怎么实现精确定位？团队成员都没有机械设计方面的经验。前方只有一条道，就是干。一旦决定干一件事，王树军就不会再迟疑。行或者不行，只有尝试过才知道。

之后是设计图纸，加工零部件，选择合适的控制系统，进行程序设计，写编码。春晖厂长几乎每天都到车间看项目进度，“快干！快干！”项目组的每个人都摩拳擦掌，使出十二分的心力，像要赶在雨季之前收完麦子，工作站内一片热火朝天的景象。王树军负责的板块是机械设计，涉及的每一个尺寸都需要去现场一尺子一尺子地量，反复确认；设计出来的每一个零件，都需要一遍一遍去推敲，去核实；编制的每一个动作，都需要一次一次实验，确保可行性。项目组成员心往一块想，劲往一处使，好像他们要制作的不是一台设备，而是一件展示所有人智慧和才干的艺术品。他们想把这台设备做得既简洁实用又美观

缸盖螺栓自动拧紧设备

漂亮，给自动化设计开个好头。

从论证、设计、制作、组装，再到调试，历经三个多月的时间，他们的作品完成了。首台自制自动化设备安装到总装车间的生产线上，顺利通过工艺验证。

第一座山如同一个起点，王树军开启了设计师的征途。如今，潍柴几乎每一条发动机生产线上都有他们团队的创新项目。在创新工作站对面的生产线上，“树军自动上料码垛装置”正在工作，一只橙色的巨型机械手臂抓起发动机缸盖放到传送带上；再往前走，是“王树军自动上料装置”“王树军缸盖垫片自动装配单元”“树军气门挺柱自动装配单元”“树军 WP9H/10H 气缸体缸套自动上料装置”……自从潍柴推行工匠创新，以设计者的姓名为设备命名后，行走在一号工厂的各个车间里经常能看到“王树军”三个字。时间久了，那份荣耀已经淡化。他坦言：看到这些设备，心里更有压力了，一线工人说好才行，最怕操作者说他设计的东西不好用。

2023 年初，在人社部发布的“第十六届中华技能大奖获得者名单”上，出现了王树军的名字，姓名后备注的职业和技能等级分别是“机修钳工”“特级技师”。全国共有 30 位技师获此殊荣，王树军是山东省唯一一位获得表彰的技能人才。“中华技能大奖”是我国技能人才的国家级最高荣誉，获奖者都是来自生产服务一线的高技能人才，并且在技术创新、攻克技术难关等方面作出突出贡献，总结出独特的操作技术方法，产生重大经济效益和社会效益；在本职业中，具备某种绝招绝技，并在带徒传艺方面作出突出贡献，在国际国内产生重要影响；在推广应用先进技术等方面作出突出贡献。可以说，获奖者是从千千万万名奋

2010 年 2 月，王树军获评潍柴动力劳动模范，并代表获奖者宣读《倡议书》

2012 年 4 月，潍柴动力 2011 年度劳动模范表彰大会合影（四排左五为王树军）

斗在各行各业的劳动者中选出的杰出代表，他们每个人都身怀绝技，在本职岗位上创造了不平凡的业绩。

同年5月，王树军再次进京领奖。身披红色的绶带，他走上主席台作为获奖代表发言：“自2012年起，为加快推进新产品投放市场，解决装备升级跟不上发展速度的问题，我带领创新团队，根据现有生产线现状，持续开展装备自动化、智能化改造工作，从第一个简单实用的‘汽缸盖手铰自动化’项目，到现在以‘多机型挺柱自动装配单元’为代表的集视觉引导、机器人辅助、伺服控制的众多高端项目的纷纷投产，10年来，不但为企业直接创造经济效益2.62亿元，更重要的是培养了一支敢想敢干，勇于创新的装备保障队伍……”

同事们都称他是“大满贯工匠”。大国工匠年度人物、全国五一劳动奖章、全国劳动模范、全国技术能手、中华技能大奖……国内所有关于工人的最高荣誉他都获得了。王树军成了亲戚朋友眼中的“名人”。面对别人的赞扬，他只是淡然一笑，回应道：“每个项目都不是我一个人完成的，是整个团队在努力。”

名声在外后，王树军引起了国内同行的关注。一天，王树军的电话响了，对方自报家门是一家猎头公司，问王

2022 年 2 月，大国工匠王树军（左三）与全国技术能手管亮（左二）、齐鲁工匠王平（左一）、潍坊工匠夏学军（左四）现场联合攻关

树军有没有意向另谋高就。王树军不明所以地说：“我不打猎。”对方压抑住笑意，解释道，他们是专门为企业搜寻高级人才的公司。任凭对方开出几倍高薪，王树军也没有丝毫动摇。是潍柴把他托起来的，他在这里实现了自己的价值，怎么可能离开呢？

# 第十四章 加油！后浪

时光荏苒，那个 19 岁走进车间的小伙子，在岁月的淘洗打磨下，已经成为潍柴的首席技师。就像当年他跟着师父王志贤学本领一样，自己身边也有年轻人一口一个“师父”地喊着。对于他们提出的问题，王树军总是倾囊相授，他最乐于看到年轻人投身装备制造业，看到他们沉下心来钻研技术，在这里找到人生价值和归属。老中青几代人就像一浪又一浪的海水，把潍柴这艘大船推向世界装备制造业的前端。

王树军第一次当师父是在1997年，那时候他23岁，徒弟刘兴比他小4岁。刘兴跟王树军一样，从潍柴技校毕业后来到615厂干维修。刘兴跟了他5年，两个人建立起兄弟般的情谊，现在刘兴是装备技术服务公司的业务骨干。刘兴之后，王树军平均三年带一名徒弟，三年后，徒弟们分到各个岗位上从事设备维修方面的工作。

从2016年开始，公司实行导师带徒，他带的徒弟不只

王树军（右一）对高压泵维修进行讲解

是维修工人，更多的是新入职的大学生。对于如何把技艺传承好，王树军有自己的方法，那就是因材施教。高等院校实习的大学生，理论知识丰富，将来从事的是技术研究工作，没有多少机会长时间深入一线，对于他们的培养要偏重于生产一线的实践，让他们具体感受每项工艺的合理性和可操作性；同时，让他们参与到创新项目中，在交流碰撞中发挥专业优势。

清华大学机械制造专业的毕业生小丁，在一号工厂实习时参与到王树军主持的“缸盖自动离线检测”项目中。这个设备安装到缸盖精铣工序后，将实现150公斤缸盖的抓取、翻转、输送到平台检测等辅助任务。项目正处于预安装调试期，部分自制件和外购件还不齐全，于是，王树军让小丁先看设计图纸对项目进行了解。对于师父的设计，小丁不甚了解。

“你看这个桁架有什么特点？”王树军问小丁。小丁端详了半天，没看出特别之处，这只不过是一个简单的桁架。

“你仔细看这桁架，它只有三条腿。”王树军又说。三条腿的桁架意味着一侧是单点支撑，耐扭转能力、剪切能力都不及双支点支撑。小丁在大学里学过《机械设计基

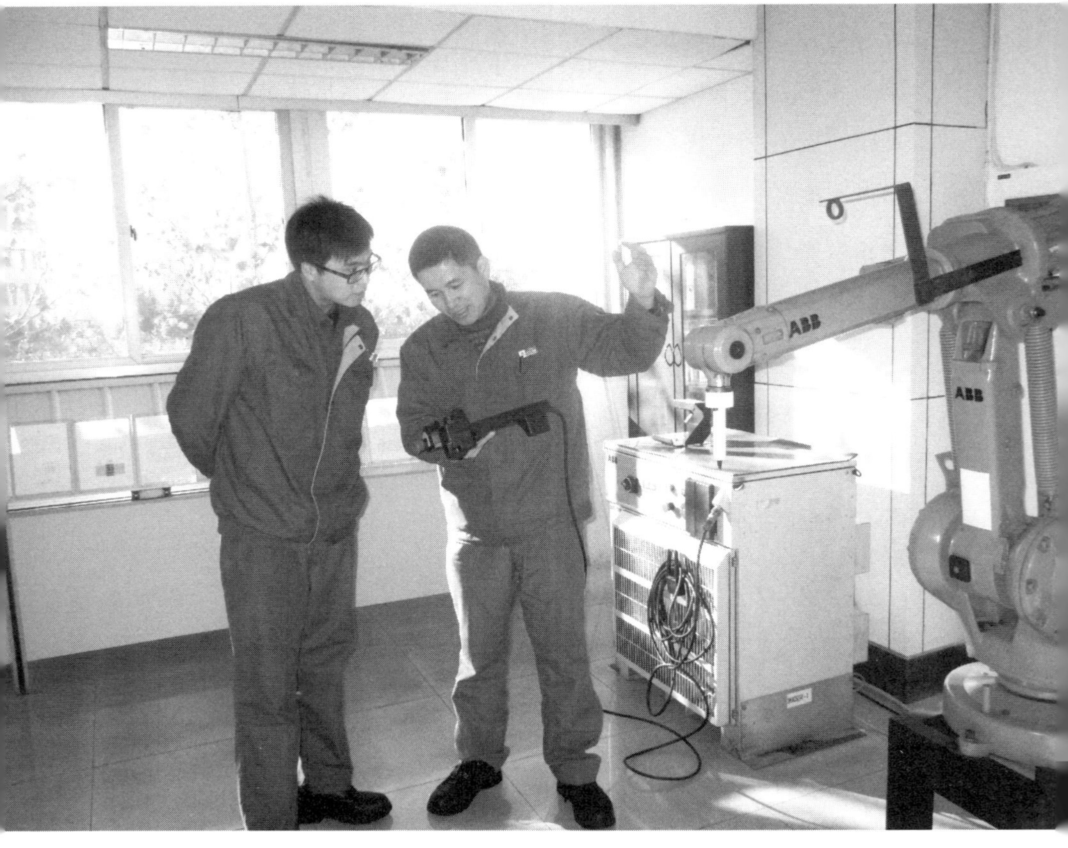


王树军（右一）对徒弟进行机器人培训

础》，课堂上老师讲，做机械设计要符合设计准则，通过力学计算与机构设计进行零件选型与图纸制作，能用标准化零件尽量选择标准化零件。小丁不明白师父为什么要选择三条腿桁架。

王树军看出了小丁的疑惑，解释道："生产线上地方小，如果放置标准的龙门结构的桁架，工人工作时很拥挤。所以，我们采用单支点托举与双支点支撑并存的方式。"小丁回想起老师在课堂上也讲过：机械设计也要考虑实际情况，不得已考虑非标准化零件。课堂上的理论知识在一号工厂得到生动的呈现。后来，小丁开始留心车间的每台设备每个角落，他发现：为了防止工人在操作时受伤，师父将所有旋转部件进行密封；为了使工作场地整洁，特制接液盘放在设备下方；在设计一个支撑架时，反复推敲尺寸，要做到既节省材料又刚好让工人不弯腰不碰头的高度；为了节省成本，改造设备时优先选择车间淘汰的零件或者设备……师父主导或参与的每个项目，自始至终都充满浓浓的人情味。小丁被这些细节深深触动，原来，只知道理论远远不够，理论源于实践、高于实践，更要回到实践中去。小丁在他的总结报告中写道："初级的设计是为了实现目的，高级的设计是兼顾人性化与可用性的。在车间实习的一个月，这是我最大的收获。”

刚到车间实习时，小丁有不少困惑，比如，未来工厂是标准化、模块化生产设备占主导，还是专业化、定制化设备占主导？结合实习期间的切身体会，以及和师父的深入交流，他认识到，两者各有优势和不足，可能大规模标准化和私人定制相结合，在相辅相成中走向两个极致。小丁对自己将来的职业规划和学习方向也有了清晰的思考。

王树军（右一）给徒弟们讲解自动化项目设计注意事项

与高校毕业生不同，职业院校的学生将来大多要到一线的维修队伍中去，王树军会让他们从锉、锯、錾、钻、铰、攻这些基本功开始练习，逐步到各类工具、检测仪器的使用方法，再到设备的基本结构、工作原理、维保方法及基本故障的排查等技艺。有一定基础之后，王树军会鼓励他们参与到项目中，有意识地培养他们设计改装设备方面的创新能力。

徒弟小宋就是职业院校毕业生中的佼佼者。1998 年出生的宋永正是潍坊昌邑人，2018 年 7 月，从潍柴职业学院毕业。在学校时，小宋就听任课老师讲过王树军的事迹，在学生心目中，王师傅是个传奇人物，是设备维修这个行业的天花板。宋永正学的是工业自动化专业，上学时就对机器人感兴趣，2017 年获得全国技能大赛二等奖，并作为定点培养对象来到一号工厂。

入职后，宋永正在工匠创新工作站旁边的培训室签订了“师徒协议”，正式拜王树军为师。都说“师父领进门，学艺在个人”，宋永正感受到在学校和在工厂的差异，在学校时，老师近乎“填鸭”式教学，在他们操作之前把什么东西都准备好了，而在这里，从设计到零件加工都要靠自己，宋永正在这样的环境中飞速成长起来。师父王树军就像一盏启明灯，总是在他最需要的时候出现。他参与的首个项目是轴承盖机器人工装，零件加工好后，一个滑块怎么也装不到导轨上，只好求助于师父。王树军讲明了原理，帮他调整了一下，顺利解决了困扰他很多天的难题。

王树军不仅是他职业上的领路人，也是生活中的兄长，两人有时候会约着一起打羽毛球、游泳。后来，宋永正参与到王树军负责的多个项目中，为了鼓励徒弟，王树军总是把宋永正的名字尽量排在项目参与人的前面。对于这个和自己儿子一般大的年轻人，王树军关爱有加，仿佛从他身上看到了自己年轻时的影子；而宋永正从师父身上，憧憬着自己未来的样子，他觉得工作有目标，生活有奔头。

从事装备维修几十年，王树军深切感触到是岗位挑人，而不是人挑岗位。有个徒弟 2004 年来到潍柴，工作了一段时间后提出离职。徒弟当时还没有成家，王树军跟他谈心，问他父母知不知道他的想法，走后准备去哪里，能不能找到比潍柴更好的平台。在他的悉心劝导下，徒弟选择了留下。几年后，公司进入高产期，实行对时生产，徒弟累得受不了，又提出离职。这次，王树军没再挽留。毕竟，只有干自己喜欢的事，才能干出名堂。

王树军（左一）向徒弟传授维修知识

王树军（左一）向徒弟讲解加工中心控制

王树军带过很多徒弟，不论是职业院校学生，还是清华、北大毕业生，他都统一标准，严格要求，努力帮他们扣好入职后的“第一粒扣子”。工作这么多年，看到同龄人起起伏伏的人生轨迹，他深刻地意识到，一名优秀的技术人员，不仅要有过硬的技能，更要有职业道德。一个人的品德最终决定了他可以走多远。专业技能容易传授，而职业道德是潜移默化的过程，以身作则比讲一些大道理更有效，也更容易被年轻人接受。因此，在日常工作中，特别是在与徒弟们的沟通交流中，王树军更加注意自己的一言一行，真诚地把自己对待工作的态度摆出来、丰富的操作经验传授于他们。教学相长，在这份薪火相传中，王树军也在不断超越昨天的自己。

看到小丁、小宋这些蓬勃向上的年轻人，王树军会不由自主地想到自己的儿子。2023年秋天，儿子王景林大学毕业后应聘到山东能源鲁西矿业，儿子学的是智能开采，尽管王树军不知道儿子为什么喜欢这个冷门专业，但他一如既往地尊重和支持他。第一次拿到工资，儿子给家里每个人都准备了礼物，送给父亲的是运动手表，很多无声的表达都在行动上，他希望父亲少加班，多注意身体。第二天，王树军就把手表戴上了，每次看时间都把手腕高高举

王树军（左二）给徒弟们讲解资料

起。同事看到了问，“王师傅买手表了？”王树军高兴地回道：“儿子送的！”

一棵棵小树将长成参天大树，撑起中国制造的明天。加油吧，后浪们！

# 第十五章 我们工人有力量

2024年，新中国将迎来75岁华诞。这让王树军又回想起那个铭刻在心间的光荣时刻，2019年国庆节，他作为劳模代表受邀坐在天安门西看台上，观看新中国成立70周年国庆阅兵仪式。当看到装有潍柴发动机的军车徐徐穿过天安门广场时，王树军激动得差点流泪，这其中就有他的辛劳和汗水，有潍柴十几万人的艰苦奋斗。歌声嘹亮，战旗猎猎，他感受到作为一名产业工人的光荣，作为一个中国人的自豪。

2024年，王树军也将迎来他的天命之年。作家余华说："我们并不是生活在土地上，事实上我们生活在时间里。"每个人都置身于时间的河流，被时间推移着，向前、向前、再向前。回望自己的职业生涯，从1993年到2023年，正好三十个年头。第一个十年，他把青春留在了615厂；第二个十年，从技改部到一号工厂，接触并维修高端设备；第三个十年，开始设计自动化设备。他如同一个攀岩者，凭着一股韧劲儿，攀登在制造业这座高峰上。

生命是一个不断向上、不断超越的过程，下一个十年，他将继续在这座山峰上攀登。未来十年，王树军特别期待两个时间节点，一个是2025年，一个是2030年。

按照《中国制造2025》的十年规划，2025年中国将会迈入制造强国行列。在生产一线，王树军能切实感受到"中国制造2025"提出后，自上而下对装备制造业的重视，对产业工人的重视。"中国制造2025"十大领域中专门提到高档数控机床，中国将加快高档数控机床、增材制造等前沿技术和装备的研发，以提升可靠性、精度保持性为重点，开发高档数控系统、伺服电机、轴承、光栅等主要功能部件及关键应用软件，加快实现产业化。他期待着车间里的国外加工中心换成国产加工中心，彻底摆脱被人"卡

面对随时发生的突发紧急事件，王树军总是随叫随到

脖子”的处境。

自从获得大国工匠、全国劳模等荣誉后，王树军经常受邀参加“全国工匠创新交流大会”等活动，对中国的整个制造业有了更深入的了解，也有了自己的认识和判断。制造业是国民经济的主体，是立国之本、兴国之器、强国之基。自18世纪中叶开启工业文明以来，世界强国的兴衰史和中华民族的奋斗史一再证明，没有强大的制造业，就没有国家和民族的强盛。今天的中国是名副其实的制造

王树军及其团队研发的智能物流单元，获得潍柴集团工人革新项目特等奖

业大国，是唯一拥有联合国产业分类中全部工业门类的国家，装备制造业总产值持续10年居世界首位。但是，我们只是大国，却并不是强国。产业界一直有一种说法，虽不完备，但有一定道理：一流企业做标准，二流企业做品牌，三流企业做产品。事实上，国际标准90%以上掌握在发达国家手中，中国占比仅为1%。制造强国须标准引领，制造高质量的产品必须有高标准支撑。而现实是，我们的产品质量处在中低端，相应的标准也相对滞后。

王树军拿起手机，打开公司的Wei Learning App，这是潍柴自己研发的学习平台，在这里王树军的身份是教授，作为首席技师，他每个月要给年轻工匠讲两次课。他看了一下上个月的课程，“几种常用的浮油处理方式”“保障设备零故障运行的四联维保法”，这些都是从业几十年来总结出的设备维保经验；除了专业知识，他也会结合自身成长经历进行职业道德方面的教育，《我的成长路》《工匠精神》这两门课在学员中就很受欢迎，年轻人都想知道王师傅是怎么一步步成为大国工匠的。在王树军看来，每一次授课，都是对来路的回望，对初心的寻找。他经常在课堂上给学员们讲“永不松动的螺母”这个故事，小小的螺母里有大文章，Hard Lock公司的螺母被广泛用在火箭、高铁、轮船上，自问世以来还没有出现过一起因它引起的意外事故，正因为研发螺母的若林克彦有一生只干好一件事的工匠精神，才创造出了“只能被模仿却无法被超越”的传奇。

王树军打开抽屉，拿出笔记本，记下当天完成的工作——这是他多年来养成的习惯，如今厚厚的工作笔记已经有一大摞。翻看笔记本的前几页，有这样一段话：“作为世界第二大研发投入国和知识产出国，我国一些前沿领域开始进入并跑、领跑阶段；然而，还有一些关键核心技术受制于人的局面依然存在，这是我国面临的关乎全局发展的首要问题，我们需要做的就是要被不断创新突破，掌握更多核心技术，培养更多高技能人才，助力装备制造业高质量发展。”2023年9月，车间里的四期生产线正式上线，加工中心的核心设备仍然是从德国进口，这是他在学习新设备操作时有感而发，写下的一段话。

可喜的是，潍柴经过二十多年的追赶，在行业内已经处于世界领先地位。当年那个发不出工资濒临破产的发动机企业，一路披荆斩棘，历经坎坷风雨，已经成为一个业务涵盖动力总成、汽车业务、工程机械、智能物流等几大板块的国际化企业集团。2022年11月20日，潍柴正式发布全球首款本体热效率52.28%商业化柴油机和全球首款本体热效率54.16%商业化天然气发动机，这意味着潍柴创造了柴油机和天然气发动机两个本体热效率世界第一。柴油机问世125年来，全球行业科技工作者始终把热效率的提升作为毕生追求的梦想，它也是衡量一个国家内燃机综合实力的标志。从50.23%到51.09%，再到52.28%，潍柴不断打破极限，持续引领全球内燃机行业。本体热效率越高，发动机的经济性越好，与市场现有主流产品（平均46%热效率柴油机）相比，52.28%本体热效率技术的商业化应用，可实现油耗、二氧化碳排放分别降低12%，每年可为我国节油1900万吨、减少二氧化碳排放量6000万吨，在全面倡导绿色低碳高质量发展的大势下，该技术的自主突破，意义重大。

科技塔上方的屏幕上显示着倒计时，蓝色的环形巨屏上循环滚动着白色的数字，如同蓝天上浮动的云。每次路过厂区的科技塔，王树军都要举目仰视，看一下距离2030年还有多少天。2021年7月23日晚上8点，潍柴举行了隆重的启动仪式，董事长谭旭光与三名科技工作者代表共同按下按钮，点亮了科技塔。当时，科技塔四周整整齐齐地站满了潍柴的领导干部、科研人员、一线工人，一

自动化改造的第一个小产品——气缸盖导管孔自动机铰装置

共5000人见证了那一里程碑时刻，现场的每个人内心都激荡着对企业的使命感。屏幕上的数字在分分秒秒地变化，让消逝的时间变得可见，已经过去九百多个日夜，这份使命感在王树军内心从来没有减弱过。

按照公司的战略目标，到2030年，潍柴要实现收入1万亿元，各主业核心业务进入全球前三，稳居世界500强前150位，打造受人尊敬的智能化工业装备跨国集团。王树军相信潍柴这艘巨轮能够乘风破浪，在中国装备制造业的船队中领航，他期待企业愿景实现的时刻！

天桥上，“心无旁骛攻主业”几个大字又亮了起来。王树军站在工匠创新工作站的窗前，看着路上步履匆匆的年轻人，他们都穿着蓝色的工装，身上洋溢着蓬勃奋发的力量。你、我、他，相聚在潍柴，共同构成了一片蔚蓝的海洋。

一滴水只有融入大海才不会干涸，未来十年，他将依然是中国装备制造业中那颗“不松动的螺母”。

# 后 记

采访如读书。一句“您好”，犹如翻开书页，“阅读”一个人自此开始。

2023年10月最后一天的清晨，我在一场突如其来的大雨中匆匆赶往火车站，落在身上和行李箱上的雨水丝毫没有影响出行的心情，检票、上车，靠着车窗坐下。窗外山峦起伏、田野葱绿，我翻开采访笔记本，上面有提前列好的80个问题，从称谓、习惯、童年到父母、婚姻、信仰，梳理这些问题让我对将要采访的对象越发好奇。我像一个执行特殊任务的旅人，感到此行目的明确、意义宏大。

抵达潍柴动力的一号工厂，几句寒暄之后进入正题。王树军坐在他的工位上讲述，我坐在桌角的一侧倾听。他是个健谈的人，语调不高，将过往如溪水般娓娓道来，并不时从电脑上检索图片、核实某个年份。一晃到了中午，我们在水池旁洗过手，再去二楼食堂吃饭，那天吃的是潍坊特色小吃朝天锅。一天下来，王树军于我不再陌生，我也像他的同事一样，自然地称呼他“王师傅”。

第二天，采访地点改到创新工作站旁边的培训室，平时王树军在这里给学员们上课。早上我到之前，他已经备好一暖瓶热水和干净的水杯。采访过程中，他不时起身续水，周到又细致。王树军怕干燥，后来得知他年轻时有流鼻血的顽疾。“哎呀，半小时止不住，估计得流上一茶碗”，他边比画边笑，好像是在说别人的一件趣事。王树军忙不开的时候就帮我协调采访他的领导、同事、徒弟，每个人都很有特点，都有各自的故事。培训室里有一面书架墙，摆着各类图书和工匠们的发明专利证书，培训室外面是加工二车间，也就是过去的柔性车间。王树军提到的缸盖、桁架、光栅尺离我只有几步之遥，我感受到文学“在场”的魅力，也深知自己的局限，这并不是我熟悉的场域，思索如何用文学语言来描述眼前的事物。

采访的间隙，我站到窗前注视着正在运行的加工中心，或者去书架上挑本书。偶然翻到费孝通先生的助手张冠生采写的平民口述史《历史的缝隙处》，封底有一句话："我希望在大历史的缝隙里找到个人史，好像在一堵古城墙的砖石缝里找到活生生的野菊花。"王树军，以及车间里来来往往的工人，他们都是"野菊花"，由此构成一片绚烂的花海。

印象最深的一场采访是与王桂玲的谈话。她就像一团火，性格跟弟弟王树军完全不同。尽管在书中没有过多的笔墨去记录王桂玲的经历，但她的热情豁达、面对疾病的坚忍、对家人的爱让我久久难忘，以至于后来聊起女性成长时，经常向朋友们讲起她。王树军的父亲自 2016 年就瘫痪在床，饱受病痛的折磨，都说久病床前无孝子，王树军的大家庭却因照顾父亲而变得更加亲密，一股恩情的灼热血液在他们身体中流淌。王桂玲真诚地说："都是潍柴把我们托起来的。"这也是王树军一次次表达的意思，面对荣誉，他有不带任何伪饰的清醒和谦卑。

当我怀揣着采访笔记和他的故事回到淄博时，感到内心从未有过的丰盈，急切地想让亲友们知道王树军其人其事。在写作过程中，遇到不确定的细节，我经常微信问王树军，每次他都耐心地解答；初稿完成后，他逐字逐句地校对，让我再次感受到他做事的认真。具备工匠精神的人会把精益求精的态度呈现在工作、生活的方方面面，希望更多人被他的劳模精神、劳动精神、工匠精神感召。

衷心感谢潍柴工会和一号工厂在采访过程中给予的协助，感谢中国报告文学学会的前辈们对我的鼓励和信任。在报告文学创作上，我还有很长的路要走。

希望读到这本书的人，能够发现“野菊花”的美，他们闪烁的人格光辉能够将砖石间的缝隙照亮。

写于淄博，2024 年 3 月 12 日